AF642187

ViktoriaSarina

MEIN PERFEKTER HERBST

ViktoriaSarina

Mein perfekter Herbst

Community EDITIONS

DAS SIND WIR! ♡

Der **HERBST** ist bunt, kann aber auch ziemlich trüb und grau werden. Wenn es draußen früher dunkel wird, bedeutet das jedoch nur, dass du mehr Zeit hast, dich drinnen einzukuscheln, leckeren Tee zu schlürfen, dem Geräusch von Regen zu lauschen und kitschige Filme zu schauen. Krame deine Strickpullis, Schals und Mützen hervor.

Das wird **DER PERFEKTE HERBST**! In diesem Buch findest du Inspiration, womit du deine Zeit verbringen kannst – kreativ sein, nachdenken und den Moment genießen.

1

DEIN PERFEKTER HERBST ...

Wie stellst du ihn dir vor? Genau so soll diese Seite aussehen. Bilder, Ausschnitte oder Zitate – alles ist erlaubt!

Hello autumn

2

Dieser **HERBST** wird wunderbar! Um den Überblick zu behalten, trage hier ein, was in den nächsten Monaten ansteht. So verlierst du die wichtigen Ereignisse der nächsten Zeit nicht aus den Augen.

Was willst du erleben?

Was musst du erledigen?

Mit wem willst du Zeit verbringen?

Bist du zu einer Feier eingeladen?

Welche Orte willst du besuchen?

3

Geburtstagsliste

Damit du niemanden vergisst! Wer hat wann Geburtstag?

Und was willst du ihm oder ihr schenken?

Name	Datum	Geschenkidee

happy birthday

»Wenn du dir jetzt schon Gedanken darüber machst, was du verschenken willst, kommst du erst gar nicht in eine stressige Situation.«

4

In dieser Geschichte bist du der **HELD**! Füge an allen freien Stellen deinen Namen oder die Wörter ein, die hier passen könnten.

Es war ein kühler Sonntagmorgen. Der Raureif glitzerte auf den Grashalmen und die Baumkronen wiegten leicht im Wind. Die Vorhänge hinter den Fenstern der umstehenden Häuser waren zugezogen. Alles war friedlich und alle schliefen noch. Doch dann – ein lauter **KNALL**! _______________ schreckte aus dem Schlaf und saß aufrecht im Bett. Was war das? Schnell kletterte _______________ aus dem Bett und warf sich ein _______________ über. Auf Zehenspitzen schlich sich _______________ aus dem Haus. Hinter _______________ fiel die Tür leise ins Schloss. Nun stand _______________ auf der Straße, die Füße nur bekleidet mit Socken. Oh, war das **KALT**! Und da wieder – noch ein Knall! Weit riss _______________ die _______________ Augen auf. Zielstrebig trugen _______________ Füße _______________ in Richtung des Lärms. Das konnte doch nicht wahr sein! Kugelrunde Augen, schillernde Schuppen und _______________ Flügel – ein kleiner **DRACHE**. Hier, mitten in der Nachbarschaft. Fest rieb sich _______________ die Augen. War das alles nur ein Traum? Der _______________ Drache war in einem Gartentor hängengeblieben und bei jedem Versuch, sich zu befreien, schlug das Tor gegen den

Zaunpfosten. ________________ näherte sich ________________ dem in Not geratenen Wesen.

»Alles gut! Ich ________________________________«, sprach ________________ mit ruhiger Stimme und kam Schritt für Schritt näher. Der Drache hielt inne und beobachtete das Geschehen. Es schien ________________, als ob er wüsste, dass ________________ ihm nur helfen wollte. Ohne lange nachzudenken, streckte ________________ die Arme aus und griff nach ihm. Seine Haut fühlte sich ________________ an. Mit einem geschickten Handgriff befreite ________________ den Fuß des ________________ Drachen. Mit einem Ruck war er wieder frei. Doch er ergriff nicht sofort die FLUCHT, sondern blickte ________________ noch einmal tief in die Augen und es sah so aus, als würde er nicken. Dann erhob er sich in die Lüfte und gab zum ABSCHIED einen freundlichen Ruf von sich. Kurz darauf verschwand er in ________________. In diesem Moment wurden die Vorhänge hinter einem Fenster aufgezogen und eine ________________ Frau blickte neugierig nach draußen.

»Zu spät«, murmelte ________________ leise. Diese Geschichte würde ________________ niemand glauben. Aber ________________ wusste ganz genau, dass es kein Traum gewesen war.

Und manchmal, wenn ________________ in den HIMMEL blickt, glaubt ________________ noch heute, den kleinen Drachen und seine Freunde erkennen zu können.

5

Der Herbst ist zum Pyjamatragen da. Und jetzt darfst du die kuscheligsten **PYJAMAS DESIGNEN**, die dir in den Sinn kommen.

Viel Spaß!

6

So bringst du dich in **HERBSTSTIMMUNG**!

Alles schon erledigt? Hake ab!

- ◯ Beginnen wir mit dem Offensichtlichsten - eine **LICHTERKETTE**! Egal in welcher Form oder Lichtfarbe. Hauptsache, sie gibt dir ein heimeliges Gefühl.
- ◯ Schnappe dir ein leckeres **HEIßGETRÄNK**. Egal, ob du eher der Kakao- oder Teetyp bist. Die Tasse sollte möglichst groß sein.
- ◯ **DUFT!** Es soll nicht nur nach Herbst aussehen, sondern auch danach riechen. Besorge dir Duftkerzen, -stäbchen, -säckchen oder was es sonst noch gibt.
- ◯ **KUSCHELSOCKEN** sind Must-haves!
- ◯ Schalte am Fernseher oder Computer ein **KAMINFEUER** ein. Das hört sich vielleicht komisch an, aber auf YouTube gibt es mehrere Videos, die stundenlang ein knisterndes Feuer zeigen.
- ◯ Mach Fotos von den bunten Bäumen und richte dein Lieblingsbild als **HINTERGRUNDBILD** auf dem Handy ein.
- ◯ Nimm dir Zeit für ein **KREATIVES PROJEKT**. Du könntest zum Beispiel malen, puzzeln, stricken oder eine Geschichte schreiben.
- ◯ **FILME!** Keine Jahreszeit eignet sich für einen Filmabend so gut wie der Herbst. Filmtipps findest du auf Seite 51.
- ◯ **KASTANIEN SAMMELN**: Das raschelnde Laub und die frische Luft machen einfach gute Laune. Und wenn du Esskastanien gefunden hast, kannst du sie anschließend grillen oder kochen. Lecker!

7

Das ist die ultimative **PLAYLIST** für einen kuscheligen **HERBSTABEND**. Entweder mit leckerem Tee auf dem Sofa oder im Hintergrund bei schönen Gesprächen mit Freunden.

1. »All I Want« von Olivia Rodrigo
2. »All the Pretty Girls« von Kaleo
3. »Show Yourself« von Idina Menzel, Evan Rachel Wood
4. »Touch the Sky« von Julie Fowlis
5. »Lovely« von Billie Eilish feat. Khalid
6. »Your Song« von Ellie Goulding
7. »Sweater Weather« von Ari Gumora
8. --
9. --
10. --

8

Wofür bist du? ENTWEDER ODER ...?

HEIßER KAKAO oder KALTER KAKAO

Crêpes MIT KÄSE oder MIT SCHOKOCREME

Ins KINO GEHEN oder ZU HAUSE SERIEN schauen

Sirup mit VANILLEGESCHMACK oder KARAMELLGESCHMACK

lange PYJAMAHOSE oder SHORTS zum Schlafen

SCHOKOKUCHEN mit flüssigem Kern oder BLAUBEERMUFFINS

FILMABEND oder SPIELEABEND

HALLOWEENDEKO oder LIEBER NICHT

9

Hast du schon einmal **MEDITATION** ausprobiert? Vielen Menschen hilft Meditation, um zu entspannen und ausgeglichener zu sein – also wieso nicht einfach mal austesten?

Hier ein paar **TIPPS** für den Anfang:

Im Internet gibt es viele **GEFÜHRTE MEDITATIONEN**, denen du lauschen kannst und die vor allem für Anfänger hilfreich sein können. Schaue dafür zum Beispiel auf YouTube vorbei.

Suche dir einen **RUHIGEN ORT**, an dem du dich wohlfühlst. Das kann bei dir zu Hause oder, an einem sonnigen Herbsttag, auch draußen in der Natur sein.

Probiere verschiedene **SITZPOSITIONEN** aus – es muss nicht der typische Lotussitz sein. Setz dich so hin, wie es für dich am gemütlichsten ist und du entspannen kannst.

Sei **GEDULDIG** und akzeptiere, dass es vielleicht nicht von Anfang an klappt und noch viele Gedanken in deinem Kopf umherschwirren. Dränge sie nicht zwanghaft weg, sondern nimm sie wahr und lass sie wie Wolken am Himmel an dir vorbeiziehen.

Versuche, dich auf deine **ATMUNG** zu konzentrieren. Beobachte, wie sich deine Brust hebt und was du fühlst.

Mediation ist eine **ÜBUNG**, die man lernen kann, und von Mal zu Mal wird es dir leichter fallen, abzuschalten.

10

Tauche diese Landschaft in **NEBEL**. Am besten funktioniert das mit einem dicken Bleistift mit weicher Mine. Schattiere locker zwischen den Bäumen und verwische dann mit einem Taschentuch oder deinen Fingern.

Für Fortgeschrittene: Auch mit Aquarellfarben kannst du ein wunderschönes Ergebnis erzielen.

11

Der Herbst eignet sich perfekt für ein kleines

FOTOSHOOTING MIT KÜRBISSEN.

Die sind nämlich nicht nur lecker, sondern können auch toll in Szene gesetzt werden.

IDEE 1: Besuche ein **KÜRBISFELD**. Die Reihen voller Kürbisse und du mittendrin beim Spazierengehen, das bringt viel Atmosphäre auf ein Bild. Ziehe passend dazu doch einen orangen Pullover an.

IDEE 2: Suche dir den größten Kürbis, den du finden kannst, schnappe dir zusätzlich noch eine Strickdecke und mach es dir bequem. Setze dich auf den Kürbis, lehne dich an ihm an ... Probiere einfach alle möglichen Posen aus, die dir in den Sinn kommen. Ein besonders süßes Outfitdetail für das Fotoshooting wären lange **KNIESTRÜMPFE** zu einem Rock oder einem Strickkleid.

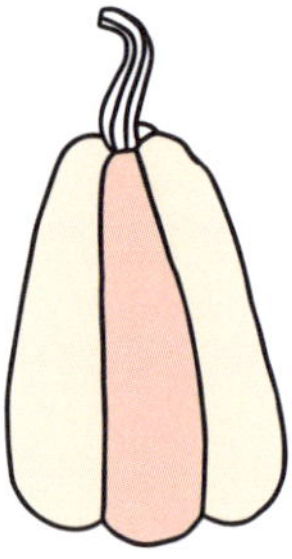

IDEE 3: Halte zwei kleine Kürbisse vor deine Augen. Dazu könntest du dir noch zwei Zöpfe oder Buns machen, eine **GRIMASSE** ziehen und du hast ein lustiges neues Profilbild.

IDEE 4: Diese Idee kannst du besonders gut mit Freunden umsetzen. Jeder von euch hält sich dafür einen **GESCHNITZTEN KÜRBIS** vors Gesicht. Wenn jeder Kürbis einen anderen Gesichtsausdruck hat, wird das Foto auf jeden Fall ein Hingucker!

12

Rezept für STECKERLBROT

... auch bekannt als Stockbrot

Ein LAGERFEUER im Herbst kann richtig viel Spaß machen. Nur nicht die Kuscheldecken vergessen! Und damit es auch lecker wird, kommt hier ein Rezept für Steckerlbrot.

ZUTATEN:

100 g Mehl

1 Päckchen Trockenhefe

2 TL Salz

3 EL Olivenöl

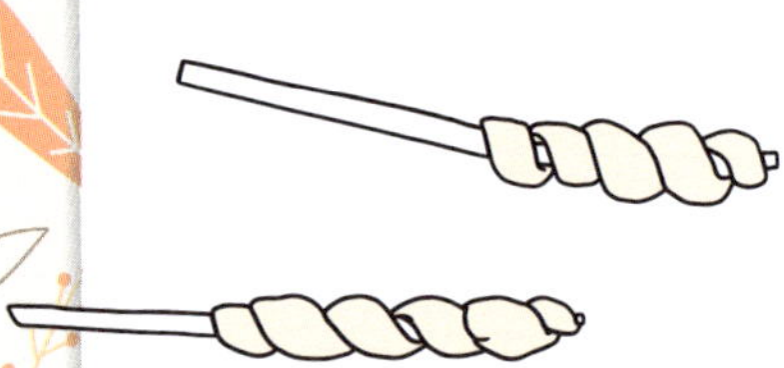

SO GEHT'S:

Vermische Mehl, Trockenhefe und Salz in einer Schüssel. Gib nun 230 ml lauwarmes Wasser sowie das Öl hinzu und knete alles auf höchster Stufe mit einem Knethaken, bis ein glatter Teig entsteht. Lege anschließend ein Tuch über die Teigschüssel und lass das Ganze 30 Minuten ruhen.

Den Teig kann dann jeder selbst um einen langen Spieß wickeln und damit über das Feuer halten. Bis das Brot durchgebacken ist, kann es schon mal dauern, aber das Warten lohnt sich.

»TIPP: Wenn nicht genug Zeit zum Teigmischen bleibt, kannst du auch Pizzateig aus der Kühltheke verwenden. Mit ein paar Gewürzen verfeinern und READY!«

13

Dein **PERFEKTES WOCHENENDE** im Herbst ...

Du stehst um .... auf.

Samstagmittag gibt es

.... zu essen.

Am Sonntagnachmittag machst du

....

.... ist dabei.

Glücklich bist du über ....

Im Fernsehen läuft ....

Abends bist du ....

Du träumst von ....

14

So einfach ist es, einen süßen

IGEL zu zeichnen.

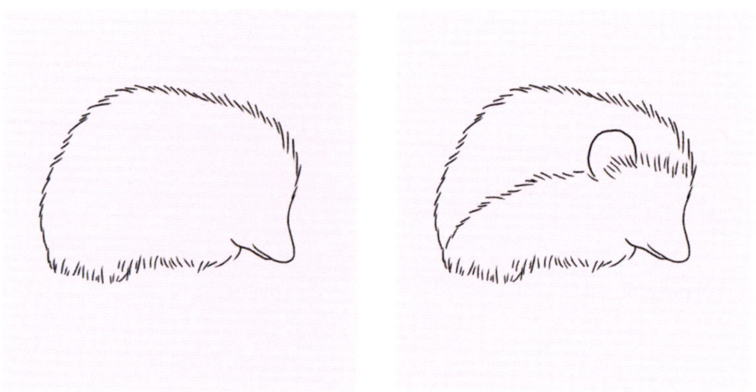

15

Das erste, woran man denkt, wenn man Herbst hört, ist **LAUB**, oder? Sammle verschiedene **BLÄTTER** in allen Formen und Farben. Lege sie in ein dickes Buch zum Trocknen und Pressen. Das kann schon mal ein paar Tage dauern.

Wenn die Blätter fertig getrocknet sind, gestalte auf diesen Seiten ein Kunstwerk damit.

»Um die Seiten des Buches zu schützen, lege die Blätter am besten zwischen Löschpapier.«

TEE-RATING!

Welche Teesorten sind deine Favoriten? Welche ist auf Platz 1 und welche Mischung hat es gerade noch so ins Ranking geschafft?

17

Hast du schon einmal eine **WANDERUNG BEI NACHT** gemacht? Im Dunkeln sieht alles ganz anders aus. Schnappe dir eine Taschenlampe und liebe Freunde und geht gemeinsam auf Entdeckungstour. Handy nicht vergessen!

Wählt am besten einen ruhigen Weg, den ihr schon mal bei Tag gelaufen seid. Ihr werdet überrascht sein, welche anderen Geräusche zu hören sind. Und vielleicht trefft ihr auch ein paar nachtaktive Tiere – davon gibt es sogar in der Stadt eine Menge.

»Wichtig! Stattet eure Kleidung mit reflektierendem Material aus, damit euch Autofahrer sehen können.«

Wie lange wart ihr unterwegs?

Habt ihr jemanden oder etwas getroffen?

Wie gruselig war es?

1 2 3 4 5 6 7 8 9 10

adventure awaits

18

Herzlich Willkommen auf der

KASTANIENSEITE!

GEBRATENE KASTANIEN

Hast du schon mal selbst Esskastanien gebraten?

Das macht Spaß und schmeckt lecker!

Mach dich zuerst auf die Suche nach Edelkastanien, auch Maroni genannt.

So sehen sie aus:

UND SO EINFACH GEHT'S:

Schneide die Esskastanien an der dicken Seite kreuzweise ein.

TIPP: Als Hilfsmittel gibt es dafür eigens Maronischneider, die funktionieren wie Nussknacker. Geht aber auch mit einem scharfen Gemüsemesser.

Wenn das erledigt ist, kommen die Kastanien auf ein Backblech, dazu eine Auflaufform mit Wasser stellen. Lass die Maroni ungefähr 30 Minuten bei 220 Grad backen.

»Wir lieben es, im Herbst Kastanien sammeln zu gehen und sie danach zusammen mit der ganzen Familie zu braten. Dazu gibt es leckeren Tee. :)«

Abkühlen lassen, schälen und fertig sind die leckeren Maroni!

DIY: KASTANIENWÄRMEKISSEN

Du hast bestimmt schon einmal von einem Kirschkernkissen gehört, oder? Genau so eines kannst du auch mit Rosskastanien machen. Rosskastanien haben eine stachelige Hülle (die Stacheln der Maronihülle sind dagegen ganz weich) und sind ungenießbar.

So sehen sie aus:

Sammle genügend Kastanien für deine gewünschte Kissengröße. Zu Hause müssen die Kastanien erst mal gut durchtrocknen. Lege dafür Küchenpapier am Boden vor der Heizung aus und verteile die Kastanien mit Abstand darauf. Nach ein paar Tagen kannst du auch schon einen Kissenbezug mit Reißverschluss auswählen. Rein mit den Kastanien und verschließen.

Das fertige Kissen muss nun nur noch aufgewärmt werden – entweder auf der Heizung (bitte nur auf Heizkörpern, die auch abgedeckt werden dürfen!) oder wenige Minuten bei 100 Grad im Backofen.

YAY! Jetzt kannst du schon mit dem warmen Kissen auf dem Sofa kuscheln und die schöne Massagewirkung genießen!

19

VEGGIE DAY

Hast du schon einmal darüber nachgedacht, vegetarisch oder vegan zu leben? Man muss nicht immer zwischen ganz oder gar nicht auswählen. Lege doch einfach hin und wieder vegetarische oder sogar vegane Tage ein! Das ist nicht schwer und du tust trotzdem etwas Gutes!

KURZ & KNAPP

vegetarisch = kein Fleisch und kein Fisch

vegan = keine tierischen Produkte, dazu gehören auch Kuhmilchprodukte, Eier, Honig ...

4 GRÜNDE, warum vegane oder vegetarische Ernährung gut ist:

- Man spart Wasser! Um Gemüse anzubauen, wird deutlich weniger Wasser benötigt als in der Fleischproduktion.
- Wenn sich mehr Menschen öfter vegetarisch ernähren würden, müssten deutlich weniger Menschen auf der Welt Hunger leiden.
- Gut gegen den Klimawandel: Bei der Herstellung tierischer Produkte werden mehr Treibhausgase freigesetzt als durch den Verkehr.
- Den Tieren zuliebe! Sie alle haben einen Charakter und Gefühle. Schweine sind zum Beispiel intelligente, neugierige und liebe Tiere und können somit locker mit einem Hund mithalten!

In welchen Situationen kannst du auf Fleisch oder tierische Produkte verzichten? Baue dies hin und wieder in deinen Alltag ein.
Du wirst sehen, es wird dir sicher nicht schwerfallen und du lernst sogar neue, leckere Lebensmittel kennen. :) Viel Spaß!

20

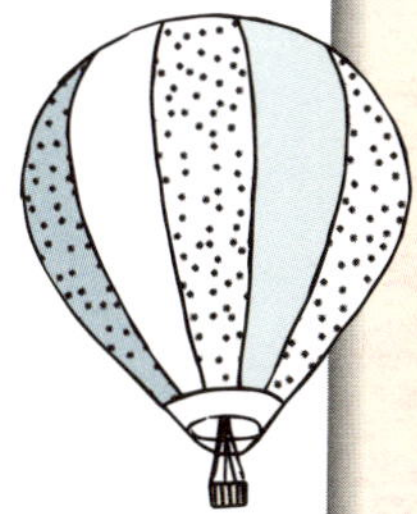

Heute ist der »Perfekt-um-alle-**DINGE-ZU-ERLEDIGEN**-die-man-schon-lange-aufgeschoben-hat-Tag«. Schreibe erst einmal alle To-dos auf und verschaffe dir einen Überblick. Hake ab und freue dich darüber, was du geschafft hast.

21

DIY: EASY HERBSTDEKO

Hast du noch gepresste Blätter zu Hause herumfliegen? Dann kommt hier das perfekte DIY, um sie zu verwenden. Anstatt echter Blätter eignen sich übrigens auch künstliche. Dann kannst du die Girlande für mehrere Herbstsaisons verwenden.

DU BRAUCHST:

viele getrocknete Blätter, Farbspray, Nähgarn, Nähnadel, Heißkleber, Perlen (nach Belieben)

SO GEHT'S:

Zuerst müssen alle Blätter von vorne und von hinten gefärbt werden. Verwende dafür ein Farbspray deiner Wahl. Besonders schick sieht das Ganze mit goldener Farbe aus.

»Vergiss auf keinen Fall eine Unterlage beim Besprühen. Sonst sind am Ende nicht nur die Blätter farbig! :D«

Fädele den Faden in die Nadel und reihe die Blätter nach und nach auf. Dafür stichst du ungefähr 1 cm vom Rand entfernt in das Blatt und ziehst den Faden hindurch. Damit die Blätter nicht kreuz und quer rutschen, kleckse einen Tupfen Kleber am oberen Ende des Blattes auf den Faden. Bastle gleich mehrere dieser Girlanden, dann kannst du sie senkrecht nebeneinander hängen und hast einen herbstlichen Vorhang. Zur Verzierung kannst du auch noch Perlen zwischen die Blätter fädeln.

22

LIEBLINGSGERÜCHE im Herbst

Welche sind deine Top 5?

Falls du Inspiration brauchst: frisch gekochte Kürbissuppe, gebratene Maroni, Regenwetter ...

1.

2.

3.

4.

5.

23

Zeichne dem Baum ein herbstliches **BLÄTTERKLEID**. Wenn du Lust hast, auch in Regenbogenfarben! :D

24

Apfel-Zimt-Schnecken

Zutaten:

2 El Zucker

1 El Zimtpulver

1 Packung Blätterteig aus dem Kühlregal

1 kleines Glas Apfelmus

1 Apfel

Butter für das Muffinbackblech

So geht's:

Heize als erstes den Ofen auf 200 Grad vor – so brauchst du später nicht warten. Vermische Zucker und Zimt in einer Schale miteinander. Bestreiche dann den ausgerollten Blätterteig mit Apfelmus. Und darüber den vermischten Zucker und Zimt streuen. Sei bloß nicht zu sparsam! :D

Dann muss der Apfel geschält, entkernt und in kleine Würfel geschnitten werden. Verteile diese ebenfalls auf dem Blätterteig.

Jetzt wird gerollt! Fange am langen Ende an zu rollen und schneide die fertige Rolle in 12 gleich breite Schnecken.

Nun brauchst du ein Muffinbackblech. Fette die Mulden gut mit Butter ein und lege in jedes Förmchen eine Schnecke. Jetzt kommt das Ganze noch 20 Minuten in den Backofen, bis die Oberseiten der Schnecken schön gebräunt und knusprig sind. Kurz abkühlen lassen und genießen.

NOM NOM ...

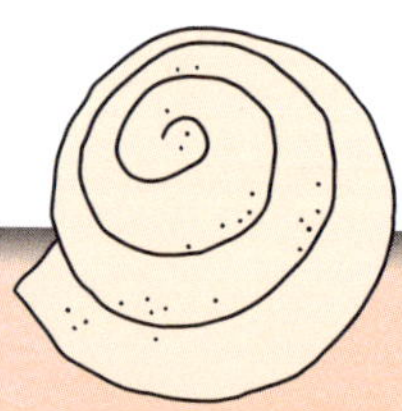

25

Jetzt wird es **TIERISCH WILD**!

Bist du oder hast du schon mal ...

... Fische im Meer beobachtet? JA NEIN

... ein Wildtier gerettet? JA NEIN

... auf einem Pferd gesessen? JA NEIN

... einem Tier etwas beigebracht? JA NEIN

... Vögel im Winter gefüttert? JA NEIN

... mit Delfinen geschwommen? JA NEIN

... von einer Kuh abgeschleckt worden? JA NEIN

... einen Hund gebürstet? JA NEIN

Animal lover

26

Die leichten Sommerkleider müssen fortan leider im Schrank bleiben, aber keiner hat jemals behauptet, dass man sich nicht auch im Herbst schön anziehen kann. **KUSCHELPULLIS, ROLLKRAGEN, OVER-KNEE-STRÜMPFE** oder große **KAPUZEN** - es gibt viele schöne Herbstkombis. Und diese beiden Figuren darfst du ausstatten.

27

Wenn es das ganze Wochenende über regnen soll, sodass du keinen Fuß vor die Tür setzen willst, dann nimm dir doch dieses Projekt vor: **GESTALTE EIN FOTOBUCH!** Das macht total viel Spaß. Du kannst dich kreativ austoben und wenn du möchtest, kannst du das Buch anschließend verschenken.

1. Überlege dir ein **THEMA**. Soll das Buch von der letzten Reise erzählen oder ein Familienalbum werden? Oder wie wäre es mit einem Freundschaftsfotobuch für deine BFF?

2. **SAMMLE** gaaaanz viele Fotos, damit du eine schöne Auswahl hast. Durchforste deine gesamte Handygalerie und speichere Bilder aus dem Internet, die thematisch passend sind.

3. Fotos **AUSDRUCKEN**: Drucke die Fotos am besten in unterschiedlichen Größen aus oder schneide manche zu – zum Beispiel herzförmig. Das sorgt für mehr Abwechslung und Details im Album.

4. Nun brauchst du ein hübsches **BÜCHLEIN**. Entweder gefällt dir das Cover schon so, wie es ist, oder gestalte es doch direkt selbst.

5. Dann geht es auch schon an die Anordnung und **GESTALTUNG**. Damit wirst du auf jeden Fall einige Stunden verbringen. Achte beim Einkleben der Fotos darauf, dass du Abstand zwischen ihnen lässt, damit noch Platz für Beschriftungen und Verzierungen bleibt.

6. **DEKORIEREN**: Buntes Washi-Tape und Sticker machen das Album zu einem Unikat!

VIEL SPAß!

28

Hier kommen die 2 leckersten Rezepte mit **MARSHMALLOWS**.

Guten Appetit!!

MARSHMALLOW-COOKIE-SANDWICH

Bestreiche dafür 2 Butterkekse mit Nugatcreme. Lass 1 großes Marshmallow im Backofen oder in der Mikrowelle leicht schmelzen. Lege es dann zwischen die beiden Kekse. Vorsichtig zusammendrücken und fertig ist das süßeste Sandwich ever. Achtung: Zuckerschockgefahr! :D

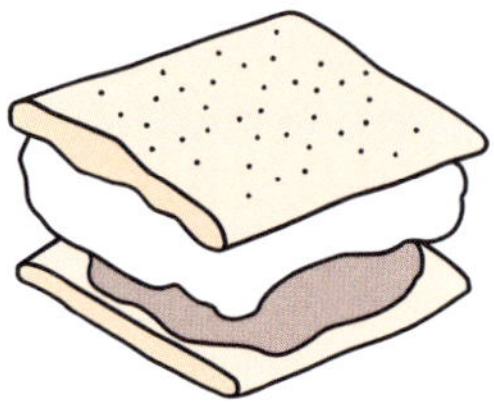

MARSHMALLOW-SCHOKO-KUCHEN

ZUTATEN:

50 g salzige Cracker

200 g Vollkornkekse

1 großer Gefrierbeutel

125 g Butter

300 g Zartbitterschokolade

500 g Sahne

½ Becher (ca. 50 g) Marshmallowcreme

»Dieser Kuchen muss nicht gebacken werden!!«

SO GEHT'S:

Cracker und Kekse kommen zusammen in einen Gefrierbeutel – verschließe diesen. Nun darfst du draufschlagen, denn der Beutelinhalt soll zu kleinen Bröseln werden. Lass währenddessen schon mal 125 g Butter in einem Topf schmelzen und gib anschließend die Keks-Cracker-Mischung dazu. Wenn alles gut verrührt ist, kommt diese Mischung in eine Springform. Drücke sie zu einem festen Boden. Und nun kalt stellen.

Inzwischen kannst du schon mal die Schokolade in kleine Stücke hacken. Lass 300 g von der Sahne aufkochen und darin die gehackte Schokolade schmelzen. Die geschmolzene Schokomasse muss dann ebenfalls abkühlen.
Jetzt wird wieder geschlagen, und zwar die restliche Sahne (200 g), bis sie steif ist. Anschließend vorsichtig unter die Schokomasse heben. Gib die gesamte Masse auf den Bröselboden.
Jetzt noch ein bisschen Geduld, denn der Kuchen muss 2 Stunden kalt gestellt werden.

Kurz vor dem Servieren kannst du noch Marshmallowcreme auf der Kuchenoberfläche verteilen. YUMMY!

29

DEINE PERSÖNLICHE FARBPALETTE

Welche Farben hat dein **HERBST**? Erdig, gedeckt, knallbunt oder schwarz-weiß?

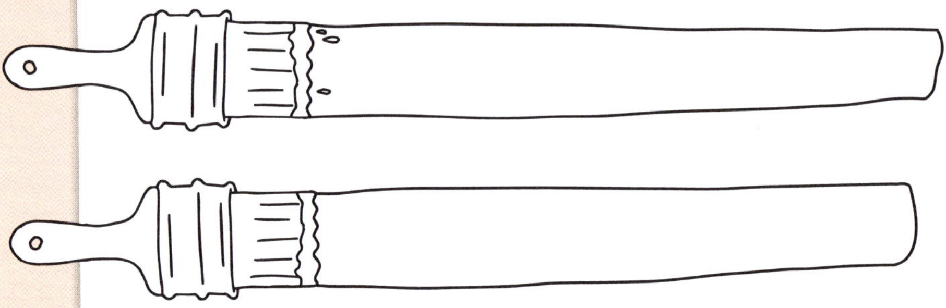

Und welche **MUSTER** verbindest du mit dem Herbst?

30

Was sind deine **FAVORITEN** im Herbst?

Lesen: ______________________________

Naschen: ______________________________

Zeitvertreib: ______________________________

Kuscheln: ______________________________

Spielen: ______________________________

Hören: ______________________________

Trinken: ______________________________

Kreativ sein: ______________________________

Dekorieren: ______________________________

31

Nimm so viele **STIFTE** in eine Hand, wie du gerade noch fassen kannst. Versuche nun damit verschiedene Formen zu zeichnen: ein Herz, einen Kreis, ein Dreieck, ein Haus ... Schwieriger als gedacht, oder?

32

Herbstzeit ist **MARONIZEIT**! Versuche dich doch mal an diesem Rezept:

MARONICREMESUPPE

ZUTATEN:

1 Zwiebel, gehackt

1 EL Butter

250 g Maroni, gekocht und geschält

500 ml Gemüsebrühe

Salz

Pfeffer

200 g Sahne

SO GEHT'S:

Röste als Erstes die Zwiebel in Butter leicht an, bis sie glasig wird. Nun kannst du schon die Maroni hinzufügen und mitbraten. Mit der Gemüsebrühe ablöschen und 30 Minuten sanft köcheln lassen. Anschließend muss das Ganze noch mit einem Stabmixer püriert werden, sodass eine cremige Suppe daraus wird. Mit Salz und Pfeffer abschmecken und noch mit Sahne verfeinern. Dann nochmals pürieren.

Ganz schön easy – und lecker!

33

Hier kommen die besten **FILME**, die du unbedingt im Herbst schauen solltest. Welche davon kennst du schon und welche hast du noch nicht gesehen? Vergib Sterne und notiere, wie oft du welchen Film schon geguckt hast.

»Greatest Showman« ☆☆☆☆☆

»Der goldene Kompass« ☆☆☆☆☆

»Susi und Strolch« ☆☆☆☆☆

»Harry Potter und die Kammer des Schreckens« ☆☆☆☆☆

»Margos Spuren« ☆☆☆☆☆

»High School Musical« ☆☆☆☆☆

____________________ ☆☆☆☆☆

____________________ ☆☆☆☆☆

____________________ ☆☆☆☆☆

34

So könnte das Leben auf einem anderen

PLANETEN aussehen ...

35

An manchen Tagen weiß man einfach nicht, was man anziehen soll – egal, wie voll der Schrank ist. Kennst du das auch? Aber zum Glück gibt es Kleidungsstücke, die man einfach immer miteinander **KOMBINIEREN** kann. Damit kannst du nichts falsch machen!

Karohemd

Stiefeletten

Hoodie

Skaterkleid

Sneakers

Skaterrock

Print-T-Shirt

Jeansjacke

36

Die schönste **HERBSTDEKO** sind **KÜRBISSE**.

Zierkürbisse gibt es für wenig Geld im Supermarkt. Von winzig klein bis riesig groß – ganz nach deinem Geschmack.

Aber sie müssen nicht unbedingt geschnitzt werden. Eine andere Möglichkeit ist zum Beispiel das Bemalen. Das kannst du mit Acrylfarben oder einem wasserfesten Filzstift machen. Oder beklebe die Kürbisse doch mit Glitzersteinchen. So eignen sich die Kürbisse auch für den ganzen Herbst und nicht nur rund um Halloween.

Hier kommt ein wenig Inspiration ...

im Donut-Look

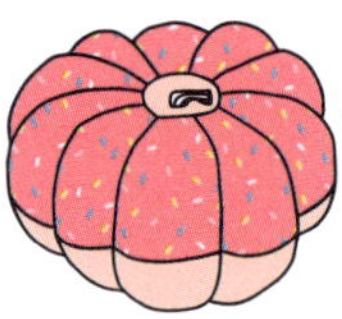

in Pastellfarben

TIPPS: Versuche doch mal, Kürbisse zu stapeln. Ganz unten der größten und nach obenhin immer kleiner werdend. Oder wie wäre es mit einer Vase voller Mini-Kürbisse? Besonders toll sehen die Zierkürbisse auch auf einer Treppe aus. Seitlich auf jeder Stufe in verschiedenen Größen und dazwischen noch ein paar Kerzen – mystisch und romantisch zugleich.

wild beglitzert

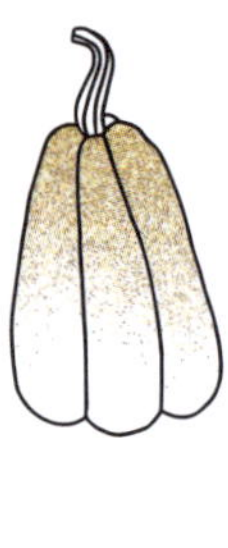

Hast du schon mal versucht, in **SPIEGELSCHRIFT** zu schreiben?

37

Kürbiskuchenliebe

Halte einen Taschenspiegel an die Schrift und versuche abzuschreiben, was du siehst. Wenn du das Ergebnis nun ohne Spiegel betrachtest, wirst du überrascht sein. Das ist die Spiegelschrift!

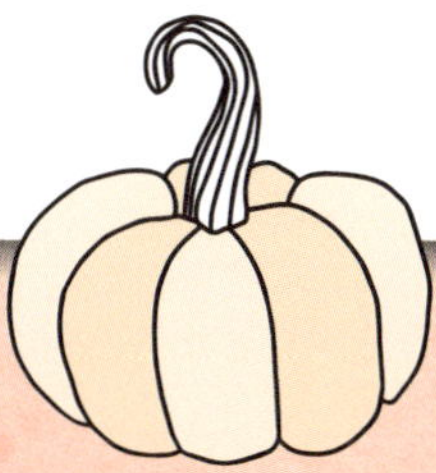

38

SAFTIGER KÜRBISKUCHEN

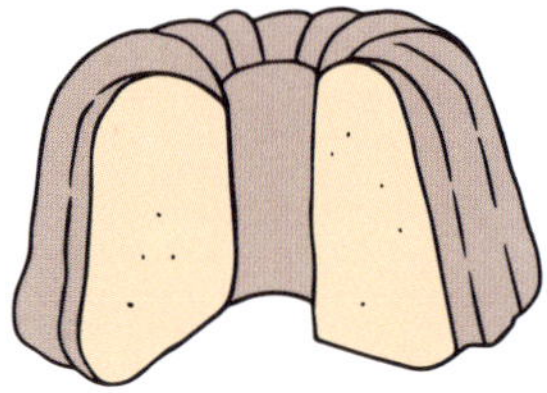

ZUTATEN:

300 g Kürbis (zum Beispiel Butternuss)

150 g Butter

150 g Zucker

1 Päckchen Vanillezucker

2 Eier

300 g Mehl

1 Päckchen Backpulver

»TIPP: Als Glasur kannst du Puderzucker mit Zitronensaft vermischen und über den abgekühlten Kuchen gießen – das macht den Kuchen erst perfekt!«

SO GEHT'S:

Schäle erst den Kürbis und schneide das Fruchtfleisch anschließend in 2 cm große Würfel. Die Würfel müssen dann in Wasser weich gekocht werden – das dauert 5–10 Minuten. Danach kann das Wasser abgegossen und die Butter hinzugegeben werden. Püriere das Ganze mit einem Stabmixer.

Anschließend schlägst du in einer großen Schale Zucker, Vanillezucker und Eier schaumig. Mehl mit Backpulver durch ein Sieb zur Eiermasse sieben, dann unterrühren. Jetzt noch vorsichtig das Kürbispüree einrühren. Der Teig muss dann in eine gefettete Backform und im vorgeheizten Backofen bei 130 Grad 10–15 Minuten backen.

Lass es dir schmecken!

39

HERBSTMANDALA

40

MONDPHASEN: FACTS

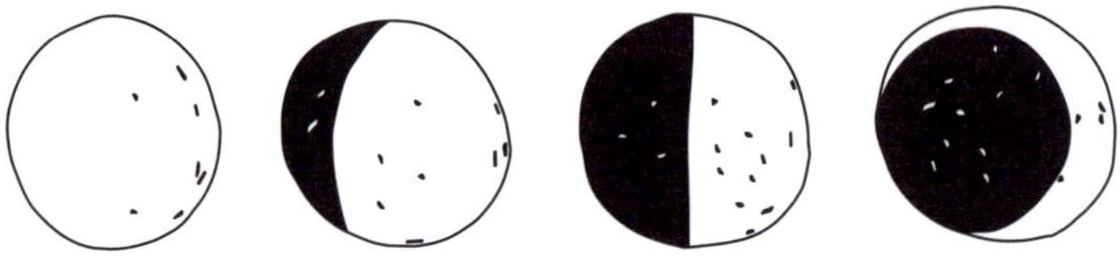

Den Wechsel des Mondbildes teilt man in vier Phasen ein: Neumond, zunehmender Mond, Vollmond und dann abnehmender Mond. Jede dieser Phasen dauert etwa eine Woche, ergibt also einen Monat (ganz genau nennt man diese Zeit Lunation und sie dauert etwa 29 ½ Tage).

Stay wild
moon child

Würdest du eine Reise auf den Mond buchen?

Entweder Sonne oder Mond?

Fühlst du manchmal, dass Vollmond ist?

Hast du schon einmal geschlafwandelt?

Kann man irgendwann auf dem Mond leben?

Wie würdest du einen Stern nennen?

Entweder Vollmond oder Sichelmond?

41

Psychotest: Bist du ein **MOON CHILD**?

Zähle die Aussagen, die auf dich zutreffen, und schaue in der Auflösung nach, wie viel »moon child« in dir steckt. Die Auflösung findest du auf der nächsten Seite. Stopp!! Nicht schummeln – erst alle Fragen beantworten und dann nachgucken.

- Du beobachtest gerne den Sternenhimmel.
- Oft bekommst du nicht mit, wenn jemand mit dir spricht, weil du in Gedanken bist.
- Du liebst es, nachts zu träumen. Egal, ob gute oder schlechte Träume, Hauptsache, du kannst dich am nächsten Morgen noch daran erinnern.
- Du beschäftigst dich gerne mit Sternzeichen.
- Du bleibst am liebsten bis nach Mitternacht wach.
- Du kennst dich mit Sternbildern aus.
- Nachts bist du oft am produktivsten.

- Du ziehst gerne dunkle Farben an, am liebsten Grau, Schwarz und Blautöne.
- Du spürst, wenn Vollmond ist.
- Deine Freunde würden dich als »mystisch« beschreiben.
- Du fragst dich immer mal wieder nach dem Sinn des Lebens.

AUFLÖSUNG:

0–3 Häkchen: Nein, in dir steckt kein richtiges »moon child«. Du liebst den Tag und die Sonne viel zu sehr. Du bist meistens fröhlich und strahlst den ganzen Tag über, sodass keine Zeit für mystische Gedanken bleibt.

4–7 Häkchen: In dir steckt ein Teil »moon child«. Der kommt mal mehr und mal weniger zum Vorschein, aber du fühlst dich auf jeden Fall zum Nachthimmel und dem Mond hingezogen.

8–11 Häkchen: Du bist definitiv ein »moon child«! Du beschäftigst dich schon länger mit diesen Themen, bist nachts lange wach und auch gerne mal nachdenklich und verträumt! Die Bezeichnung »moon child« beschreibt dich sehr gut!

42

APFEL-CRUMBLE

Das geht supereinfach und gelingt immer!

ZUTATEN:

2 Äpfel

1 EL Zitronensaft

½ Päckchen Vanillezucker

¼ TL Zimtpulver

80 g Mehl

50 g brauner Zucker

1 Prise Salz

50 g Butter

SO GEHT'S:

Als Erstes müssen die Äpfel geschält, entkernt und in 1 cm große Würfel geschnitten werden. Wende sie dann in einer Mischung aus dem Zitronensaft, dem Vanillezucker und dem Zimtpulver. Das Ganze kann erst einmal beiseitegestellt werden. Fette eine kleine Auflaufform ein und heize den Backofen auf 200 Grad vor.

Jetzt geht es an die Streusel. Mische das Mehl mit dem Zucker und dem Salz in einer Schüssel. Die Butter kann stückchenweise dazu. Mit den Fingerspitzen kannst du dann alles zu einem krümeligen Teig verarbeiten.

Verteile die Apfelwürfel in der Form und bedecke sie großzügig mit den Streuseln. Nun nur noch in 20 Minuten goldbraun backen und danach sofort warm servieren. Besonders lecker schmeckt VANILLEEIS zum Crumble.

43

Gestalte diese Seite in **BRAUNTÖNEN**!

Von Beige, über Senfgelb bis Rotbraun ...

44

Wie sagt man so schön? Schlechtes Wetter gibt es nicht! Auch bei REGEN gibt es viele Möglichkeiten, die Zeit zu genießen.

- GUMMISTIEFEL und Regenjacke anziehen und raus mit dir! Durch Pfützen zu springen und im Regen zu tanzen, kann ganz schön viel Spaß machen. Spring in eine Pfütze! :D

- Eine HEISSE DUSCHE nehmen. Das solltest du nach einem Ausflug im Regen nicht vergessen.

- Eine HÖHLE aus Decken und Kissen bauen. Darin lässt sich die Zeit gut mit einem spannenden Buch verbringen.

- POPCORN! Egal ob süß oder salzig, wenn es draußen regnet, schmeckt es drinnen besonders lecker.

- Den REGEN beobachten und ihm lauschen. So einfach, aber gleichzeitig so schön ...

- SCHAUMBAD! Wenn du eine Badewanne hast, ist jetzt der beste Moment, um sie zu nutzen.

- CUPCAKES backen. Dafür hast du nun auf jeden Fall Zeit, und deine Familie freut sich bestimmt auch.

- Gestalte diesen REGENSCHIRM!

HALLOWEENHACKS

45

1. SÜẞIGKEITEN gruselig verpacken: Fülle kleine Süßigkeiten in weiße Einweghandschuhe und binde sie mit einem Bändchen zu. Das sieht ganz schön spooky aus ...

2. VAMPIRGEBISS als Serviettenring: Ein Vampirgebiss aus Plastik kann ganz easy zum Serviettenring umfunktioniert werden.

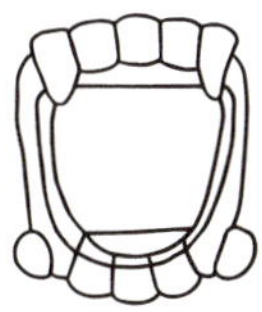

3. Halloween-**TASCHENLAMPE**: Klebe den ausgeschnittenen Umriss einer Fledermaus vorne auf das Glas einer Taschenlampe. Jetzt hast du einen kleinen Fledermaus-Beamer ...

4. BLUT-DRINKS: Natürlich müssen an Halloween blutrote Getränke her! Da Tomatensaft nicht jedem schmeckt, greife zu Erdbeersaft oder Blutorange!

5. VAMPIR-DONUTS: Mit einem einfachen Vampirgebiss aus Plastik kann man sogar Donuts verkleiden! Einfach in die Öffnung des Donuts stecken und fertig! (Achtung: Aber nicht mitessen :D!)

6. RIESENSPINNE: Aus schwarzen Müllbeuteln kannst du eine XXL-Spinne für den Vorgarten basteln. Erst einen großen Beutel ausstopfen für den Körper, und einen etwas kleineren für den Kopf. Klebe dann mit schwarzem oder durchsichtigem Klebeband die beiden Beutel zusammen. Aus einem weiteren Müllbeutel 8 x 10 cm breite Streifen ausschneiden und diese als Beine am Spinnenkörper befestigen.

46

Damit das **KÜRBISSCHNITZEN** besser gelingt:

1. Zeichne das Muster mit einem Filzstift auf dem Kürbis vor.

2. Zum Abschneiden des Deckels verwende am besten ein großes Messer und zum Schnitzen ein kleines.

3. Lass dir unbedingt helfen – zu zweit ist es viel einfacher.

4. Um den Kürbis lange haltbar zu machen, trockne die Schnittstellen erst mit einem Küchenpapier ab, streiche das Fruchfleisch dann von innen und an den Kanten dünn mit Vaseline ein. Besprühe den Kürbis schlussendlich noch mit Haarspray. Außerdem sollte er an einem kühlen und eher dunklen Ort stehen.

5. Stell nun noch eine Kerze hinein und lass den Kürbis gruselige Schatten werfen. **BOOOHH!!**

47

SÜßES oder **SAURES**? Trage in diese Liste deinen aktuellen Vorrat an Süßigkeiten ein.

Schokolade: ______________________ Tafeln und

____

Bonbons: ________________ Tüten

____

Lollis: ________________ Stück

Gummibärchen: ________________

____

____

____

____

48

HALLOWEEN steht vor der Tür! Weißt du schon, wie du dich **SCHMINKEN** willst? Gruselig, blutrünstig – oder nur ein witziges Highlight?

Übe doch schon mal an diesen Gesichtern, damit am großen Tag auch alles klappt.

49

Bald ist Halloween! Und hier sind einige **TO-DOS** bis zum 31. Oktober für dich.

- **DEKORIEREN!** Girlanden, Kürbisse, künstliches Spinnennetz, Fledermäuse zum Aufkleben oder Gummikröten. Hauptsache gruselig!
- Inspiration für Halloween-**VERKLEIDUNGEN** suchen. Auf Pinterest wirst du definitiv fündig!
- **PROBESCHMINKEN!** Es darf im letzten Moment schließlich nichts schiefgehen.
- Einen **GRUSELFILM** anschauen für die richtige Atmosphäre (Filmtipps findest du auf S. 75).
- Eine Menge **KERZEN** kaufen. Davon kann man nie zu viele haben.
- Eine **PLAYLIST** mit passender Musik zusammenstellen (Musiktipps findest du auf S. 76).
- Mit Freunden für Halloween **VERABREDEN**.
- Eine gruselige **MAHLZEIT** für den 31. Oktober planen.
- **SÜßIGKEITEN** besorgen für alle Kinder, die an der Tür klingeln und fragen: »Süßes oder Saures?!«

50

Wenn du mit diesem **HÄUSCHEN** fertig bist,
soll es das gruseligste weit und breit sein.
An die Stifte, fertig, los!

51

CANDY-ÄPFEL

Sie sehen so schön aus und geben einem das Gefühl, auf dem Weihnachtsmarkt zu stehen. Aber man kann die süße Leckerei nicht nur kaufen, sondern auch zu Hause selbst machen.

ZUTATEN:

3 Äpfel (am besten säuerliche wie Boskoop)
250 g Zucker
1 TL Zitronensaft
Außerdem: 3 Holzspieße
rote Lebensmittelfarbe

SO GEHT'S:

Erst mal die Äpfel waschen und die Stiele entfernen. Wo der Stiel war, muss nun ein Holzspieß rein – einfach hineinpiksen. Löse dann in einem Topf bei niedriger Temperatur den Zucker in 3 EL Wasser auf und gib den Zitronensaft dazu. Einfach unter ständigem Rühren schmelzen lassen. Gib von dem entstandenen Sirup nun etwas in eine Pfanne und lass den Sirup darin dunkelbraun werden, aber nicht zu hart. Dieses Karamell muss dann wieder zurück in das Zuckerwasser. Dann das Ganze bei hoher Temperatur dickflüssig einkochen.

Zum Schluss kommt noch die rote Lebensmittelfarbe – für den Wow-Effekt – dazu. In der noch heißen Zuckermasse kannst du die Äpfel solange drehen, bis sie gleichmäßig beschichtet sind. Anschließend nur noch die karamellisierten Äpfel mit kaltem Wasser abschrecken. Guten Appetit!!

52

Zeichne diesen Kürbissen lustige Gesichter oder gruselige **FRATZEN**.

53

Herbst ist Gruselzeit und perfekt für

SCHAURIGE FILMABENDE.

Viel Spaß! Wie viele Sterne vergibst du?

OHNE ALTERSBESCHRÄNKUNG

»Ein Hund rettet Halloween« ☆ ☆ ☆ ☆ ☆

»Hui Buh – Das Schlossgespenst« ☆ ☆ ☆ ☆ ☆

AB 6 JAHREN

»Hotel Transsilvanien« ☆ ☆ ☆ ☆ ☆

»Die Geistervilla« ☆ ☆ ☆ ☆ ☆

»Die Monster AG« ☆ ☆ ☆ ☆ ☆

AB 12 JAHREN

»Die Frau in Schwarz« ☆ ☆ ☆ ☆ ☆

»Ghostbusters« ☆ ☆ ☆ ☆ ☆

»Die unheimliche Klassenfahrt« ☆ ☆ ☆ ☆ ☆

(Kinoversion: »Der Gruselbus«)

54

Hier kommt die perfekte **HALLOWEENPLAYLIST**

1. »This is Halloween« von Danny Elfman
2. »The Original Monster Mash« von Bobby »Boris« Pickett and the Crypt-Kickers
3. »Ghostbusters« von Ray Parker Jr.
4. »Bad Guy« von Billie Eilish
5. »Disturbia« von Rihanna
6. »Thriller« von Michael Jackson
7. »Highway to Hell« von AC/DC
8. »Once Upon A Dream« von Lana Del Rey
9. »She Wolf« von Shakira
10. ------------------------------------
11. ------------------------------------
12. ------------------------------------

55

Jeder Mensch ist etwas ganz **BESONDERES**.
Aber zu welchem passt die folgende Aussage am besten? Wer ist die ... Person, die du kennst?

lustigste Person: ....

liebevollste Person: ....

intelligenteste Person: ....

hilfsbereiteste Person: ....

kreativste Person: ....

unterhaltsamste Person: ....

56

Wie sieht das **UNIVERSUM** aus, wenn du durch dieses Fernrohr blickst? Dunkel und düster oder glitzernd und blinkend? Oder schweben vielleicht süße Lollis und Zuckerstangen durch die Lüfte?

magic is around you

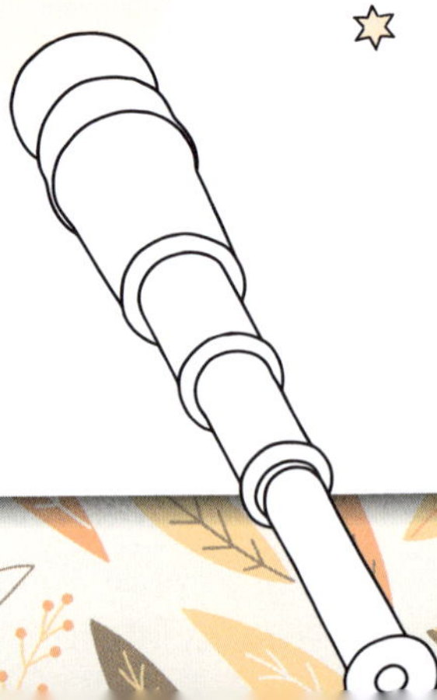

57

SOCIAL-MEDIA-CHECK

TikTok oder Instagram?

Welche Social-Media-App hast du als Erstes heruntergeladen?

Auf welcher Plattform hast du die meisten Follower?

Wo bist du nur zum Anschauen und lädst nichts hoch?

Welche App findest du überflüssig?

»**TIPP**: Für Inspiration schaue dich mal unter den Hashtags: #Herbstliebe, #HelloFall und #FallVibes um.«

Welches Feature fehlt noch (egal wo)?

Wie viel Zeit verbringst du täglich auf YouTube?

58

DIY: SERVIETTENTECHNIK

Mit dieser Technik kannst du ausgefallene und einzigartige Kürbisse gestalten. Und jeder wird dich fragen, wie du das hinbekommen hast!

DU BRAUCHST:

1 Zierkürbis,
weiße Acrylfarbe, Servietten,
Serviettentechnikkleber

SO GEHT'S:

Male den Zierkürbis am besten zuerst mit weißer Acrylfarbe an, dann kommt das Ergebnis noch besser zur Geltung. Während die Farbe gut durchtrocknet, kommt der schwerste Teil: die Auswahl der Servietten ... :D

Wenn du dich für ein Muster oder Motiv entschieden hast, brauchst du nur die oberste der Serviettenschichten – ziehe sie einfach ab. Du kannst die gesamte Serviette verwenden oder auch nur einzelne Motive davon ausschneiden.

Nun benötigst du Serviettentechnikkleber. Bepinsele damit die Stelle, wo gleich das Serviettenstück hin soll. Lege auf den feuchten Kleber die dünne Serviettenschicht und bestreiche sie dann noch einmal vorsichtig mit einer dünnen Schicht des Klebers. Jetzt nur noch trocknen lassen.

Schneller und einfacher geht es nicht, oder?

»TIPP: Angerührter Kleister vermischt mit etwas Bastelkleber ist ein prima Ersatz für Serviettentechnikkleber!«

59

Diese **STERNZEICHEN** gehören zum Herbst ...

JUNGFRAU ♥ 24.08.–23.09.

positive Eigenschaften: diszipliniert, ehrlich, ordentlich

negative Eigenschaften: unnahbar, rechthaberisch

versteht sich gut mit: Skorpion, Waage, Krebs

WAAGE ♥ 24.09.–23.10.

positive Eigenschaften: gerecht, aufmerksam, respektvoll

negative Eigenschaften: unentschlossen, launisch

versteht sich gut mit: Schütze, Wassermann, Löwe

SKORPION ♥ 24.10.–22.11.

positive Eigenschaften: zielstrebig, selbstbewusst, loyal

negative Eigenschaften: eifersüchtig, nachtragend

versteht sich gut mit: Fische, Krebs, Jungfrau

60

Kopf ausschalten und einfach nur **KRITZELN**.

Dicke oder dünne Linien, geschwungene, gerade oder gekringelte – ganz egal!

61

Jetzt wird es **KUSCHELIG**! Trage alle Kissen und Decken zusammen, die du finden kannst, und baue ein Deckenzelt daraus. Als Grundgerüst kannst du einen Tisch oder aneinandergelehnte Stühle verwenden. Innen noch mit Lichterketten dekorieren und die **KUSCHELPARTY** kann beginnen.

62

Wofür bist du DANKBAR? Manchmal sehen wir nur das, was wir nicht haben, anstatt das wahrzunehmen, was wir schon haben. Schreib dir alles von der Seele und sei einfach glücklich.

Thank you!

63

Designe ein cooles **SCHILD** für deine Zimmertür oder einen anderen Ort. Mit einer schönen Botschaft oder deinen eigenen Regeln. Oder wie wäre es mit deinem Anfangsbuchstaben in einer schönen Schrift?

VIEL SPAß!

64

Hast du schon eine **ERINNERUNGSKISTE**? Wenn nein – dann ändere das schnell! Eine Erinnerungskiste ist eine Truhe, eine Box oder einfach nur ein Schuhkarton, wo du alle deine Erinnerungsstücke aufbewahren kannst. Die Dinge müssen gar nicht geordnet werden – einfach rein damit. Wenn du von Zeit zu Zeit einen Blick hineinwirfst, wirst du überrascht sein, welche Schätze sich darin befinden.

Was muss auf jeden Fall in die Kiste?

- **FOTOS!** Egal, ob alte Schulfotos, Familienbilder oder Polaroids. Auf Fotos kann man am besten erkennen, wie sich alles verändert hat.
- **TICKETS** und Eintrittskarten: vom Kino, Theater, Freizeitpark oder Museum
- **KARTEN** mit Glückwünschen oder aus fernen Ländern

65

Im Herbst verfärben sich die BLÄTTER an den Bäumen und die Natur wird FARBENFROH. Von sanftem Gelb über knalliges Rot bis hin zu dunklem Braun. Aber man findet nicht nur alle erdenklichen Farben in den Baumkronen, sondern auch Formen. Sammele unterschiedliche Laubblätter und pause sie hier ab. Kreuz und quer, nebeneinander und übereinander. Anschließend noch ausmalen und beglitzern. Kunst!

66

DER PERFEKTE HERBSTTAG

Genieße ihn mit deiner Familie, lade Freunde ein oder verbringe ihn nur mit dir selbst. Mach es so, wie es sich für dich am schönsten anfühlt.

- Früh aufstehen und aus dem Fenster schauen. Du kannst noch den morgendlichen Nebel erkennen und vielleicht sogar beobachten, wie die Sonne aufgeht.

- Mach dir einen Kakao oder Tee und kuschle dich noch mal mit deiner Decke aufs Sofa. Wenn du noch müde bist, kannst du ja noch ein bisschen weiterschlafen.

»Besonders lecker: Kekse oder Schokolade in Kakao oder heiße Milch dippen. Zu Tee schmecken Mandarinen gut.«

- Mach vormittags einen langen Spaziergang und genieße die herbstliche Natur. Betrachte die Blätter und Bäume ganz genau ...

- Mach dir danach eine wärmende Suppe zum Mittagessen. Auch wenn du vielleicht kein großer Suppenliebhaber bist, findest du bestimmt ein Rezept, das deinen Geschmack trifft.

- Nach dem Essen steht Kürbisschnitzen auf dem Programm – der Klassiker!

- Jetzt noch Snacks für einen gemütlichen Abend auf der Couch vorbereiten! Dazu einen Film aussuchen und viele, viele Kerzen anzünden!

»Das war doch perfekt, oder?«

67

Auf einer EINSAMEN INSEL ...

So sieht sie aus:

Was nimmst du mit?

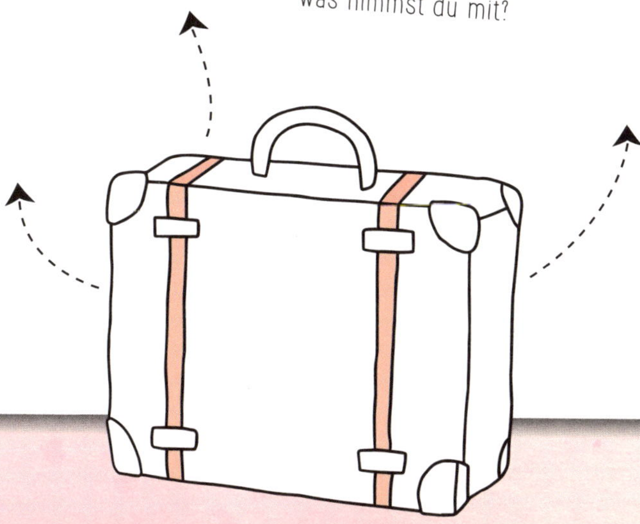

68

Hast du schon einmal auf eine **LEINWAND** gemalt? So richtig mit Acrylfarben und vielleicht sogar einer Staffelei? Probiere es aus! Wenn man Dinge nie versucht, wird man auch nie erfahren, ob sie einem liegen und ob man vielleicht ein verstecktes Talent hat. Fange am besten klein an: Kaufe dir ein kleines Set mit den wichtigsten Farben, einer kleinen bis mittelgroßen Leinwand und den nötigsten Pinseln. Im Internet findest du viele Anleitungen und Tipps für Anfänger oder beginne einfach so. Mal sehen, wohin dich die Pinsel führen ...

Und wer weiß, nach ein bisschen Übung sind deine Kunstwerke vielleicht richtig viel Geld wert! :D

EINFACHE MOTIVE:

»Vielleicht inspirieren dich diese beiden einfachen Motive für deine ersten Versuche.«

69

Erstell eine Liste, auf der du alle Aktivitäten einträgst, die man bei großer **LANGEWEILE** machen kann. Und jedes Mal, wenn sie dich wieder überkommt – die Langeweile –, blättere hierhin zurück.

- ein Hörbuch hören
- an Zeichenkünsten üben
- aus einem alten Kleidungsstück ein DIY-Projekt machen

70

WAS HAT SICH VERÄNDERT?

Fülle aus und vergleiche: vor drei Jahren mit heute.

	vor 3 Jahren	heute
Wie alt bist du?		
Was machst du in deiner Freizeit?		
Hast du Haustiere?		
Traumberuf?		
Deine beste Freundin/ bester Freund ist:		
Wie sehen deine Haare aus?		
Lieblingsessen?		
Wie groß bist du?		

71

Versuche, das **COVER** dieses Buches nachzuzeichnen. An die Stifte, fertig, los!

72

Sammle in jedem **BLATT** eine schöne Erinnerung aus den letzten Monaten. Egal, ob gezeichnet oder geschrieben – Hauptsache, du hältst den Moment fest.

Schon einmal von **HYGGE** gehört? Dieser Begriff stammt aus Dänemark und steht für Lebensfreude, Gemütlichkeit und Zufriedenheit. **FUN FACT**: Dänemark wurde viele Jahre lang zum glücklichsten Land der Welt gewählt. Also können wir uns auf jeden Fall etwas von den Dänen abschauen.

Hyggelig (das Wort steht übrigens sogar im Duden!) bedeutet also gemütlich oder heimelig und passt wunderbar in den Herbst.

Lass dich von der dänischen Lebensweise inspirieren und mach es dir zu Hause richtig schön hyggelig.

collect beautiful moments

TIPPS:

- Räume erst ein bisschen auf, denn in ordentlicher Umgebung fühlt man sich sofort wohler.
- Zünde Kerzen an oder schaffe durch indirektes Licht eine angenehme Stimmung.
- Suche dir ein bestimmtes Buch oder einen Film aus und genieße es, in eine andere Welt einzutauchen.
- Schalte stimmungsvolle Musik ein und lausche einfach mal …
- Bereite dir leckere Snacks zu. Die sollen aber nicht nur gut schmecken, sondern auch schön angerichtet sein.
- Erfreue dich daran! Nur wer die kleinen Dinge zelebrieren und schätzen kann, wird rundum glücklich sein.

74

Wer spielt gerne **STADT, LAND, FLUSS**?

Hier kommen ein paar coole Begriffe, mit denen du bestimmt die höchste Punktezahl abstaubst.

Selbst Profis wissen: Besonders schwierig ist der Buchstabe **Y**.

Stadt: Youngstown (USA), Yokohama (Japan)

Fluss: Ybbs (Österreich)

Name: Yvonne, Ylvie

Beruf: Yogalehrer, Yachtbauer

Pflanze: Yamswurzel

»**FUN FACT**: Es gibt tatsächlich kein Land, das in der deutschen Rechtschreibung mit **Y** oder **Q** beginnt.«

Machen wir weiter mit **Q** ...

Stadt: Quakenbrück, Quedlinburg (Deutschland)

Fluss: Queis (Polen)

Name: Quentin, Quirin

Beruf: Qualitätsmanager, Quallenforscher

Pflanze: Quittenbaum

Tiere, an die meistens keiner denkt:

Chinchilla, Eisvogel, Gnu, Iltis, Karpfen, Mondfisch, Ochsenfrosch, Tapir, Zecke

Na? Lust bekommen zu spielen? Viel Spaß!

»Kennst du schon **STADT, LAND, EINHORN**? Das ist eine verrückte Variante des Spiels. Den Spieleblock dazu bekommst du in jeder Buchhandlung.«

75

Nimm dir einen **MOMENT FÜR DICH** und denke kurz über dich selbst nach. Sei ehrlich mit dir, aber nicht zu streng.

Welche Charaktereigenschaft an dir würdest du gerne ändern?

Welches deiner Talente willst du verbessern?

Womit nervst du andere manchmal?

Weswegen hast du schon lange ein schlechtes Gewissen?

Worauf bist du stolz?

Wie glücklich bist du? 1 2 3 4 5 6 7 8 9 10

76

Haselnusskerne, Rosinen, Schokoguss, getrocknete Früchte ... Verziere diesen **GUGELHUPF** und mach einen Augenschmaus aus ihm!

77

Nach diesem Quiz weißt du, ob du ein angehender PROFIKOCH bist oder ob du noch ein bisschen üben solltest. Wie viele Fragen kannst du mit JA beantworten?

- Kannst du mehr als 10 GEMÜSESORTEN aufzählen?
- Hast du schon mindestens 5 KUCHEN gebacken?
- Hat dir deine OMA ein paar Koch- und Backtipps gegeben?
- Kannst du mehr als 5 GERICHTE ohne Rezept kochen?
- Hast du schon mal deine FAMILIE bekocht?
- Kannst du 10 GEWÜRZE aufzählen?
- Besitzt du mindestens 3 KOCHBÜCHER?
- Weißt du ungefähr, in welcher JAHRESZEIT welches GEMÜSE geerntet wird?
- Wurdest du schon mal für deine KOCHKÜNSTE GELOBT?
- Und für deine BACKKÜNSTE?

AUFLÖSUNG:

0-4 Häkchen: Du gibst dein Bestes, aber noch kannst du nicht wirklich überzeugen. Einfach weiter üben.

5-8 Häkchen: Das sieht gut aus! Du beherrschst die Basics und die meisten deiner Gerichte schmecken lecker.

9-10 Häkchen: WOW! Kochen und Backen machen dir Spaß, und das kann jeder schmecken!

Ein **ROBOTER**, der alles kann, was du dir vorstellst. Sei einfallsreich!

78

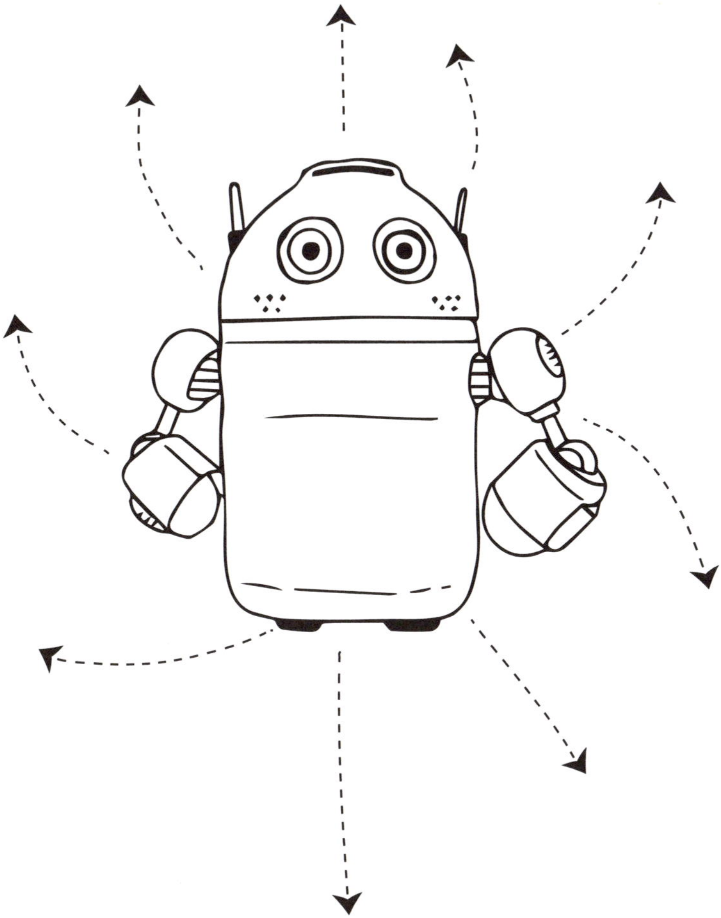

79

Lass alle Leute, die du kennst, ein **GEFÜHL** oder eine kurze Erinnerung zum Herbst aufschreiben. Die Antworten könnten überraschend sein ...

Mama

Papa

Opa

80

Was geht gerade in deinem Kopf vor sich? Schreibe einfach **DRAUFLOS** und mal sehen, was dabei rauskommt! Nimm dir Zeit und schweife ab – wer weiß, wohin dich deine Gedanken führen …

you have GALAXIES inside your head

81

DIY: FUßMATTE

Jeder kennt doch diese langweiligen braunen Fußmatten aus Kokosfaser. Diese kann man total einfach selbst aufhübschen – mit einem Spruch oder einer kreativen Zeichnung.

DU BRAUCHST:

1 Stück Karton oder festes Papier, Cuttermesser, wasserfeste schwarze Sprühfarbe

SO GEHT'S:

Zuallererst geht es an die Schablone. Dafür kannst du vorzeichnen, was dir einfällt, und anschließend die Konturen mit dem Cuttermesser ausschneiden. Lege die Schablone nun auf die Fußmatte und sprühe mit der Sprühfarbe über die freien Stellen der Schablone. Achtung: Lege Folie oder Kartons als Unterlage aus, damit nur die Fußmatte besprüht wird und nicht gleich der ganze Fußboden …

INSPIRATION: Du kannst etwas Herbstliches auf deine Fußmatte schreiben, wie »Hey there, pumpkin«, oder wie wäre es mit den Umrissen von Kürbissen? Natürlich kannst du auch einen Spruch wählen, der für das ganze Jahr geeignet ist: »Wie schön, dass du da bist!« oder »Hereinspaziert!«. Oder wie wäre es mit etwas lustigem: »Komm wieder, wenn du Schokolade dabeihast«.

82

Hast du schon einmal einen **GNADENHOF** besucht?

JA NEIN

Dort sind allerhand Tiere zu finden, die kein anderes Zuhause gefunden haben. An diesem Ort dürfen sie ein schönes Leben haben, bis sie alt sind. Von Nutztieren wie Kühen und Schweinen über Pferde, die nicht mehr geritten werden können, bis hin zu exotischen Tieren, die bei ihren Vorbesitzern nicht artgerecht gehalten wurden, gibt es dort allerhand zu sehen. Es ist also eine Mischung aus Bauernhof und Tierpark. Recherchiere doch einfach mal online nach einem Gnadenhof in deiner Umgebung. Du wirst bestimmt fündig, und die Tiere freuen sich über einen Besuch von dir.

»Wir haben mal eine Tierpatenschaft geschenkt bekommen und uns unendlich darüber gefreut.«

Welche Tiere gab es?

Welches tierische Schicksal hat dich am meisten berührt?

CHECKLISTE Herbst: Was hast du gemacht? Hake ab!

- Fotos in der Natur gemacht

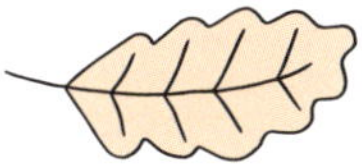

- Kürbissuppe gegessen

- in einen Berg aus Laub gesprungen

- ein Puzzle gemacht

- Halloween gefeiert
- eine Duftkerze angezündet
- ein heißes Bad genommen
- eine ganze Nacht Filme geschaut
- mindestens ein Buch gelesen

- Übernachtungsparty mit Freunden

- Maroni gebraten
- ein DIY-Projekt vollendet
- einen Strickpulli getragen

84

Hier ist Platz für die

SCHÖNSTEN FOTOS

aus dem Herbst.

85

Wie war dein **HERBST**?

1 2 3 4 5 6 7 8 9 10

Was hätte besser sein können?

Was wirst du nie vergessen?

Wer war am häufigsten mit dabei?

Was war enttäuschend?

Was wiederholst du nächstes Jahr?

welcome winter

Der Herbst ist die Einstimmung auf den Winter. Draußen wird es zwar kälter, aber drinnen noch gemütlicher. Mit dem Winter ist auch Weihnachten nicht mehr weit. Die letzten Monate des Jahres brechen an und damit auch **DEIN PERFEKTER WINTER**!

IMPRESSUM

Weyerstraße 88-90
50676 Köln

1. Auflage

Texte: ViktoriaSarina
Projektleitung: Jessica Kleppel
Layout, Design & Satz: © BUCH & DESIGN Vanessa Weuffel
Illustrationen: © BUCH & DESIGN Vanessa Weuffel
Lektorat: Annika Genning
Letterings: Yasmin Reddig
Bildnachweis: Herbstteil S. 4: ViktoriaSarina, S. 59: © Alexander Pokusay (Mandala), S. 91: © hanohiki (Berge), © nongkran_ch (Vogel). Winterteil S. 5: Katharina Aichbauer, S. 59: © lezhepyoka (Mandala).
Gesetzt aus der Hipsterish Pro © Hello I'm Flo, DK Innuendo © David Kerkhoff und der Fedra Serif © Peter Bil'ak.

Das Werk wurde vermittelt von Studio71.

Gesamtherstellung: Community Editions GmbH

ISBN 978-3-96096-168-0

Printed in Germany

www.community-editions.de

Spring in eine Pfütze!
Mein perfekter Winter
ViktoriaSarina

ViktoriaSarina

MEIN PERFEKTER WINTER

ViktoriaSarina

Mein perfekter Winter

Community EDITIONS

DAS SIND WIR!

Der **WINTER** ist die beste Zeit, um Kraft zu tanken. Die Natur schläft und die Tage werden kürzer. Sanft segeln die Schneeflocken zu Boden, Lichterketten glitzern in der Dunkelheit und der Duft von heißem Tee erfüllt den Raum. Mach dir **DEN PERFEKTEN WINTER**! Dieses Buch soll dich dabei begleiten, wenn du die Zeit drinnen mit lieben Menschen verbringst oder draußen einzigartige Abenteuer erlebst. Tag für Tag und Seite für Seite durch die kalte Jahreszeit …

1

Gestalte diese 2 Seiten so, wie du dir den **PERFEKTEN WINTER** vorstellst. Verwende dafür Bilder, Ausschnitte oder Zitate. Und jedes Mal, wenn du hierhin zurückblätterst, wirst du wieder in Winterstimmung versetzt.

Hello winter

2

Dieser WINTER wird einfach toll! Um den Überblick zu behalten, trage hier alles ein, was noch so geplant ist. So verlierst du die wichtigen Ereignisse der nächsten Monate nicht aus den Augen.

Was willst du unternehmen?

Wen willst du treffen?

Was musst du unbedingt im Winter erledigen?

Zu welchen Feiern bist du eingeladen?

Welche Orte willst du besuchen?

3

Geburtstagsliste

Wer hat wann Geburtstag? Und was ist das perfekte Geschenk für sie oder ihn?

Name	Datum	Geschenkidee

happy birthday

»Überlege dir jetzt schon, was du schenken möchtest. So bist du bestens vorbereitet.«

4

WINTERTEST: Wie gut bist du auf den Winter vorbereitet? Wie viele Aussagen treffen auf dich zu?

Am Ende gibt es die Auflösung!

- ◯ Ich habe meine Wollpullis bereits hervorgekramt.
- ◯ Ich weiß genau, wo sich meine Winterstiefel befinden.
- ◯ Ich habe jetzt schon Weihnachtslieder als Ohrwurm.
- ◯ Alles unter 20 Grad finde ich super.
- ◯ Es gibt nichts Besseres als eine heiße Schokolade.
- ◯ Ich habe diesen Monat Lebkuchen im Supermarkt gekauft.
- ◯ Endlich wieder Schals tragen! Die machen meine Outfits erst richtig komplett.
- ◯ Ich freue mich schon auf meine erste Schneeballschlacht in diesem Jahr.
- ◯ Ich bleibe am liebsten drinnen: mit einer Tasse Tee und einem guten Buch.
- ◯ Ich halte bereits im November nach den ersten Schneeflocken Ausschau.
- ◯ Ich habe schon überall Lichterketten aufgehängt.
- ◯ Ich habe meinen Weihnachtswunschzettel fertig!

AUFLÖSUNG:

0-1 Häkchen: Nope! Der Winter ist einfach nicht deine Jahreszeit. Wenn es nach dir ginge, könnte man ihn einfach überspringen und direkt zum Frühling übergehen. Das kalte und graue Wetter macht dir schlechte Laune und du hast für die winterlichen Aktivitäten nicht viel Begeisterung übrig.

5-8 Häkchen: Schritt für Schritt! Du weißt, dass der Winter vor der Tür steht, und bereitest dich langsam darauf vor. Du freust dich auf die gemütliche Zeit und kannst dem Winter seine guten Seiten abgewinnen. Trotzdem ist und bleibt der Winter nicht das Highlight deines Jahres!

9-12 Häkchen: Juhu! Du bist der absolute Winterfan. Du liebst die kuscheligen Klamotten und kannst es gar nicht abwarten, bis endlich die kalte Jahreszeit kommt. Es gibt nichts, was dich glücklicher macht, als wenn es draußen schneit und du drinnen eine heiße Schokolade trinken kannst.

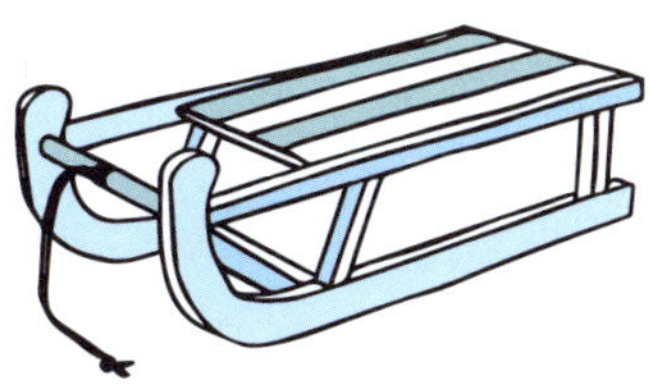

MARSHMALLOWMÄNNCHEN

5

Das ist ein leckeres DIY!

DU BRAUCHST:

Schokolade,

große Marshmallows und

Holzspieße oder Zahnstocher

SO GEHT'S:

Die Schokolade muss erst einmal geschmolzen werden. Oder du verwendest gleich Schokosauce; Es gibt auch flüssige Schokoglasur in Dosierflaschen. Spieße 3 Marshmallows hintereinander auf den Spieß auf. Jetzt fehlen nur noch das typische Schneemanngesicht und die Knöpfe am Bauch entlang. Diese tupfst du mithilfe von Zahnstochern aus geschmolzener Schokolade drauf. Wenn du willst, kannst du aus Salzstangen noch Arme und Beine machen. Lecker!

Dippe den Schneemannspieß in heiße Schokolade und sieh dabei zu, wie er langsam davonschmilzt.

6 Kleine TO-DO-LISTE, um anderen ein Lächeln zu schenken

- Schicke einer Person ein lustiges GRIMASSEN-SELFIE von dir und bringe sie so zum Lachen.

- Schreibe einer anderen Person, was du an ihr WERTSCHÄTZT.

- Nimm dir ZEIT für ein Treffen mit einem alten Freund.

- Schicke einer Person ein Foto, das zu einer schönen gemeinsamen ERINNERUNG gehört.

- BACKE oder koche für einen lieben Menschen.

- Rufe doch mal wieder einen deiner VERWANDTEN an, mit dem du schon länger keinen Kontakt mehr hattest.

- ÜBERRASCHE eine liebe Person mit einem kleinen Strauß Blumen oder leckerer Schokolade.

7

Hast du es schon einmal mit **STRICKEN** probiert?

Am besten beginnst du mit einem Schal - der eignet sich gut zum Üben. Keine Eile! Daran kannst du den ganzen Winter über arbeiten. Mach es dir dabei gemütlich, trinke eine Tasse Tee und höre dir ein Hörbuch an. So richtig **COZY**. Und wenn du in diesem Winter nicht mehr fertig wirst, trage ihn einfach im nächsten Winter. Gutes Gelingen!

Natürlich musst du dir das Stricken nicht selbst beibringen. Schaue dich im Internet um oder klicke dich durch ein paar YouTube-Videos. Dort findest du unzählige Anleitungen, wie du ganz einfach dein erstes gestricktes Kunstwerk starten kannst. Oder vielleicht hat ja deine Freundin schon das Strickfieber gepackt? Dann kannst du dir gleich zum Ausprobieren die Nadeln erst mal ausleihen.

Diese **4 DINGE** brauchst du zum Stricken

»**TIPP**: Für Anfänger eignen sich mitteldicke Nadeln mit einer Stärke von 1-5 mm und dazu passend eine mitteldicke Wolle.«

STRICKNADELN: das Wichtigste zuerst! Je nach Garn eignen sich verschiedene Modelle. Es gibt glatte Nadeln aus Holz und Metall oder griffige Stricknadeln aus Bambus.

HÄKELNADEL: Damit lassen sich kleine Fehler wie Laufmaschen retten.

LINEAL: Viele Anleitungen geben Maße vor. Um diese einhalten zu können, ist ein Lineal wichtig. Außerdem kannst du so immer wieder kontrollieren, ob die Breite deines Schals gleichbleibend ist.

SCHERE: Am besten eignet sich eine Handarbeitsschere. So lassen sich abstehende Fäden leicht entfernen. Wichtig: Schneide mit dieser Schere niemals Papier, weil sie sonst sehr schnell stumpf wird!

8

ENTWEDER ODER ...?

Entscheide dich und kringele ein!

EISLAUFEN oder SKIFAHREN

SCHAL oder HANDSCHUHE

WAFFELN oder PANCAKES

NOVEMBER oder DEZEMBER

STIEFEL oder STIEFELETTEN

KAKAO oder PUNSCH

WINTERZEIT oder SOMMERZEIT

LUSTIGE oder TRAURIGE FILME

9

TIKTOK-TIPPS

- Mach das, was du **AM BESTEN** kannst. Tanzen, Comedy, unterhalten, schminken, Wissen weitergeben ... Für jede Sparte gibt es interessierte Zuschauer.

- Drehe TikToks zu beliebten **SOUNDS**. So kannst du gefunden werden.

- Verwende **FILTER**. Das bringt Abwechslung und erhöht dazu die Wahrscheinlichkeit, dass du von anderen Leuten gefunden wirst.

- **INTERAKTION!** Frage die Zuschauer nach ihrer Meinung und sei auf anderen Accounts aktiv.

- Schaue dich bei den aktuellen **TRENDS** um und versuche sie aufzugreifen.

- Lade **REGELMÄßIG** TikToks hoch, nicht nur alle paar Wochen mal eines.

- Erstell eigene Sounds. Zum Beispiel ein **FRAGE-UND-ANTWORT-SPIEL**, welches andere User anschließend auch verwenden können.

10

Leckere Bratapfelmarmelade

Zutaten:

1 kg Äpfel (eine säuerliche Sorte)

150 g Marzipanrohmasse

150 g Rosinen

1 Bio-Zitronen

5 TL Zimtpulver

7–8 Gewürznelken

8 EL Agavendicksaft

So geht's:

Als Erstes müssen die Äpfel geschält, entkernt und in grobe Würfel geschnitten werden. Lege sie dann auf ein mit Backpapier ausgelegtes Blech, schiebe sie in den Backofen und lass sie 20–25 Minuten bei 130 Grad leicht bräunen.

Schneide nun die Marzipanrohmasse in kleine Stücke und püriere sie zusammen mit der Hälfte der Äpfel, 75 g Rosinen, etwas Zitronenabrieb und -saft sowie den Gewürzen (Zimt, Nelken). Mit Agavendicksaft süßen.

Lass diese Masse unter Rühren kurz aufkochen und hebe dann die restlichen Apfelstücke und Rosinen unter. Anschließend nochmal kurz erhitzen. Fertig ist die Bratapfelmarmelade! Fülle sie noch heiß in heiß ausgewaschene Schraubgläser ab und du kannst sie noch lange genießen.

11

MÜTZEN sind nicht nur gut, um sich zu wärmen. Sie können auch ein stylisches Accessoire sein! Packe die Köpfe warm ein und lass sie trotzdem trendy aussehen.

12 BEAUTYTIPPS für kalte Tage

- Greife zu einer noch reichhaltigeren **GESICHTSCREME** als im restlichen Jahr. Denn die Haut neigt dazu, im Winter wegen der Luftverhältnisse, trocken zu werden.

- Pflege deine Haarspitzen mit **HAARÖL**. Durch den Kontakt mit Schals und dicken Jackenkragen werden die Haare nämlich sehr strapaziert.

- Stell einen **LUFTBEFEUCHTER** in deinem Schlafzimmer auf. Der hilft gegen die trockene Heizungsluft. So vermeidest du einen kratzenden Hals.

- Gegen trockene Lippen hilft **HONIG**! Ja, richtig gehört, du darfst den Honig allerdings nicht naschen, sondern er muss über Nacht auf deinen Lippen einziehen.

- Falls du mal keine Handcreme zur Hand hast: Als schnelles Hausmittel gegen trockene Hände helfen **KOKOSÖL** oder Olivenöl.

13

Wie stellst du dir das leben auf einem **EISPLANETEN** vor?

Wie sieht es dort aus?

Wie kalt ist es?

Welche Freizeitaktivitäten kann man machen?

Wer lebt dort?

Was gibt es nicht?

explore THE unknown

14

Lege deine Hand auf die Seite und zeichne die Konturen nach. Fülle die Fläche nun mit Mustern aus – wie ein **MANDALA**. Viel Spaß!

15

Bald ist WEIHNACHTEN!

Gestalte diese Doppelseite, um schon in **WEIHNACHTSSTIMMUNG** zu kommen.

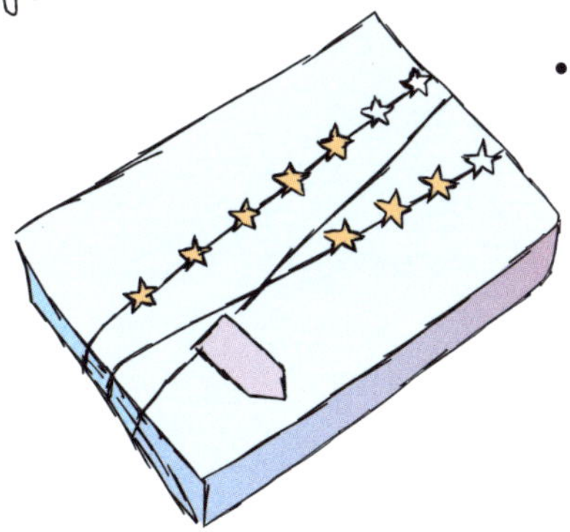

christmas Time is here

16 FANTASTISCHER ADVENTSKALENDER

Was versteckt sich in deinem Traum-Adventskalender? Denke ruhig groß und nicht realistisch. Es ist kein Problem, wenn hinter TÜRCHEN 4 ein Pony wartet. :D Dieser fantasievolle Adventskalender soll einfach nur Spaß machen!

1 2 3

4 5 6

7 8 9

10	11	12
13	14	15
16	17	18
19	20	21
22	23	24

17

Welcher WEIHNACHTSTYP bist du? TESTE DICH!

Wann beginnst du, weihnachtlich zu dekorieren?

mit Beginn der Adventszeit

ich dekoriere nicht für Weihnachten

am liebsten schon im November

wenn ich es nicht vergesse, so um den 20. Dezember herum

Was ist das Beste an Weihnachten?

die Zeit mit der Familie

die Geschenke

das Essen

gar nichts

Welche Farbkombis magst du am liebsten?

Schwarz/Weiß

Grün/Rot

Gold/Rosa

Blau/Gelb

Wie oft gehst du auf den Weihnachtsmarkt?

mindestens 3 Mal

Ein Besuch muss schon sein.

Quasi mein zweites Zuhause!

So viele Menschen an einem Ort nerven mich.

Wann hast du alle Geschenke beisammen?

Anfang Dezember habe ich schon alles besorgt und sogar verpackt.

Eine Woche vor Weihnachten habe ich alles ready!

last minute

Wir schenken uns nichts

Welchen Weihnachtsfilm wählst du?

»Der Grinch«

»Santa Clause – Eine schöne Bescherung«

»Kevin – Allein zu Haus«

»Tatsächlich Liebe«

AUFLÖSUNG:

Welche Farbe hast du am häufigsten angekreuzt?

NEUTRAL: Du kannst diesen großen Hype rund um Weihnachten nicht so ganz verstehen. Natürlich siehst du auch die schönen Seiten vom Weihnachtsfest, bist aber der Meinung, dass alle Leute ein wenig übertreiben. Du siehst das alles deutlich entspannter.

Der **GRINCH**: Weihnachten ist einfach nicht dein Ding. Wenn die Laune der anderen wegen Weihnachten steigt und schließlich ganz ausgelassen ist, sinkt deine eher. Du bist kein Fan davon, nur an den Feiertagen eine schöne Zeit mit den Liebsten zu verbringen, sondern du wünschst dir diesen schönen Zusammenhalt für das ganze Jahr. Wenn es nach dir ginge, könnte Weihnachten auch einfach ausfallen ...

Du bist der **WEIHNACHTSMANN PERSÖNLICH** – oder wenigstens einer seiner Elfen. Im Grunde wartest du das ganze Jahr lang auf diesen einen Monat – **DEZEMBER**! Schon im Herbst holst du die Weihnachtsdeko hervor und kaufst Lebkuchen und Schokoweihnachtsmänner im Supermarkt.

GROßE VORFREUDE! Du magst Weihnachten und das meiste, was dazugehört. Du machst gerne die Traditionen mit, genießt die Feiertage und die vorweihnachtliche Zeit sehr! Kekse backen, Weihnachtslieder hören und ein Besuch auf dem Weihnachtsmarkt – das gehört für dich einfach dazu. :)

18

GESCHENKE-GUIDE

Es ist nie zu früh, sich zu überlegen, wem man welches Geschenk unter den Weihnachtsbaum legen möchte. Beginne schon jetzt damit, **IDEEN** zu sammeln, und gerate so später nicht in Weihnachtsstress.

Mama ....

Papa ....

Oma ....

Opa ....

....

....

....

....

....

19 DIY: ORANGEN-NELKEN-KERZE

DU BRAUCHST:

1 Messer, 1 Orange mit dicker Schale, 1 Zahnstocher, mehrere Gewürznelken und 1 Teelicht

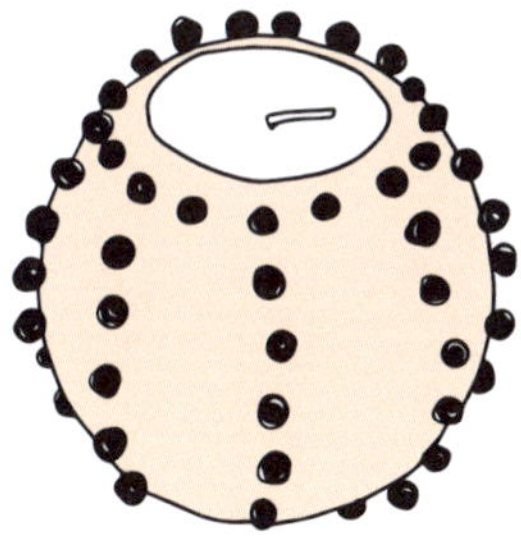

SO GEHT'S:

Schneide mit einem Messer die runde Form eines Teelichts in die Oberseite der Orange und löse die Schale heraus.

Pikse nun mit einem Zahnstocher ein Muster deiner Wahl rundherum in die Schale und stecke anschließend in jedes Loch eine Gewürznelke. In das ausgeschnittene Loch kannst du nun ein Teelicht stellen, und nach kurzer Zeit wird sich der ganze Raum mit einem schönen weihnachtlichen Duft füllen.

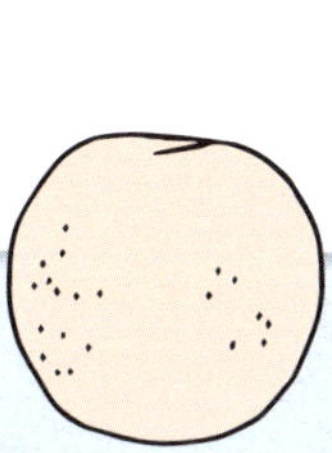

20

Zauberhaft schnelle Zimtkekse

Zutaten:

150 g Butter

2 Eigelb

100 g Zucker

230 g Mehl

½ TL Nelkenpulver

1 TL Zimtpulver

1 TL abgeriebene Bio-Zitronenschale

So geht's:

Schlage die Butter, die Eigelbe und den Zucker einige Minuten schaumig. Danach kannst du das Mehl, das Nelken- und Zimtpulver sowie die Zitronenschale unterrühren. Alles kurz verkneten.

Der Teig sollte etwa 30 Minuten im Kühlschrank ruhen. Anschließend kann er auch schon dünn ausgerollt werden. Suche dir deine liebsten Ausstecher heraus und verwandele den Teig in hübsche Formen. Fast sind die Zimtkekse fertig, sie müssen nur noch auf mit Backpapier ausgelegten Blechen verteilt 10-12 Minuten bei 160 Grad (Ober-/Unterhitze) in den Backofen. **YUMMY!**

21

Hast du Lust auf eine **CHALLENGE**? Du gewinnst sie, wenn du es schaffst, eine Strophe und den Refrain eines Weihnachtsliedes aufzuschreiben. Natürlich ohne nachzugucken! Ob deutsch oder englisch, klassisch oder modern – das ist ganz egal.

3 ... 2 ... 1 ... LOS!

22

Was befindet sich in welchem **GESCHENK**? Zeichne den Inhalt!

23

WEINACHTSMARKT-LECKEREIEN-RATING

Welche Stände steuerst du auf dem Weihnachtsmarkt direkt an? Wie sehen deine Top-Leckereien aus?

1 ______________________________

2 ______________________________

3 ______________________________

4 ______________________________

5 ______________________________

6 ______________________________

7 ______________________________

8 ______________________________

9 ______________________________

10 ______________________________

24

Eine Liste mit Geschenken für deine Lieben hast du schon – aber **WAS WÜNSCHST DU DIR** eigentlich?

Liebe/r …

25

Willkommen beim **CONTEST: HÄSSLICHSTER WEIHNACHTSPULLI**. Jetzt wird es lustig! Du darfst nämlich die kitschigsten Weihnachtssweater designen, die dir in den Sinn kommen. Mit Glöckchen, blinkenden Lichtern, Fransen und allen Farben des Regenbogens – Hauptsache verrückt.

26 ☆ Lebkuchenhaus

Hier kommt eine Vorlage, mit der das Bauen eines Lebkuchenhauses ganz bestimmt klappt. Pause die Schablone ab und schneide die einzelnen Teile aus. Jetzt kannst du sie auf den ausgerollten Lebkuchenteig legen und mit einem Messer an den Außenkanten entlang schneiden. Nach dem Backen die Platten mit Zuckerguss verkleben – und endlich kann es ans Verzieren gehen!

So einfach funktioniert es übrigens, **SPRITZGUSS** herzustellen.

Zutaten:

1 Eiweiß

1 EL Zitronensaft

250 g Puderzucker

So geht's:

Verquirle das Eiweiß mit einem Spritzer Zitronensaft und rühre den gesiebten Puderzucker löffelweise mit einem Schneebesen unter. Es sollte ein glänzender, zähflüssiger Guss entstehen. Fülle den Spritzguss anschließend in eine Spritztüte – und schon kannst du die gebackenen Lebkuchenhausteile befestigen oder sie verzieren. Und wenn du etwas größere Flächen ausmalen willst, mische einfach noch mehr Zitronensaft unter und schon wird der Guss flüssiger.

»In vielen Supermärkten gibt es auch fertigen Lebkuchenteig zu kaufen, der nur noch aufgebacken werden muss.«

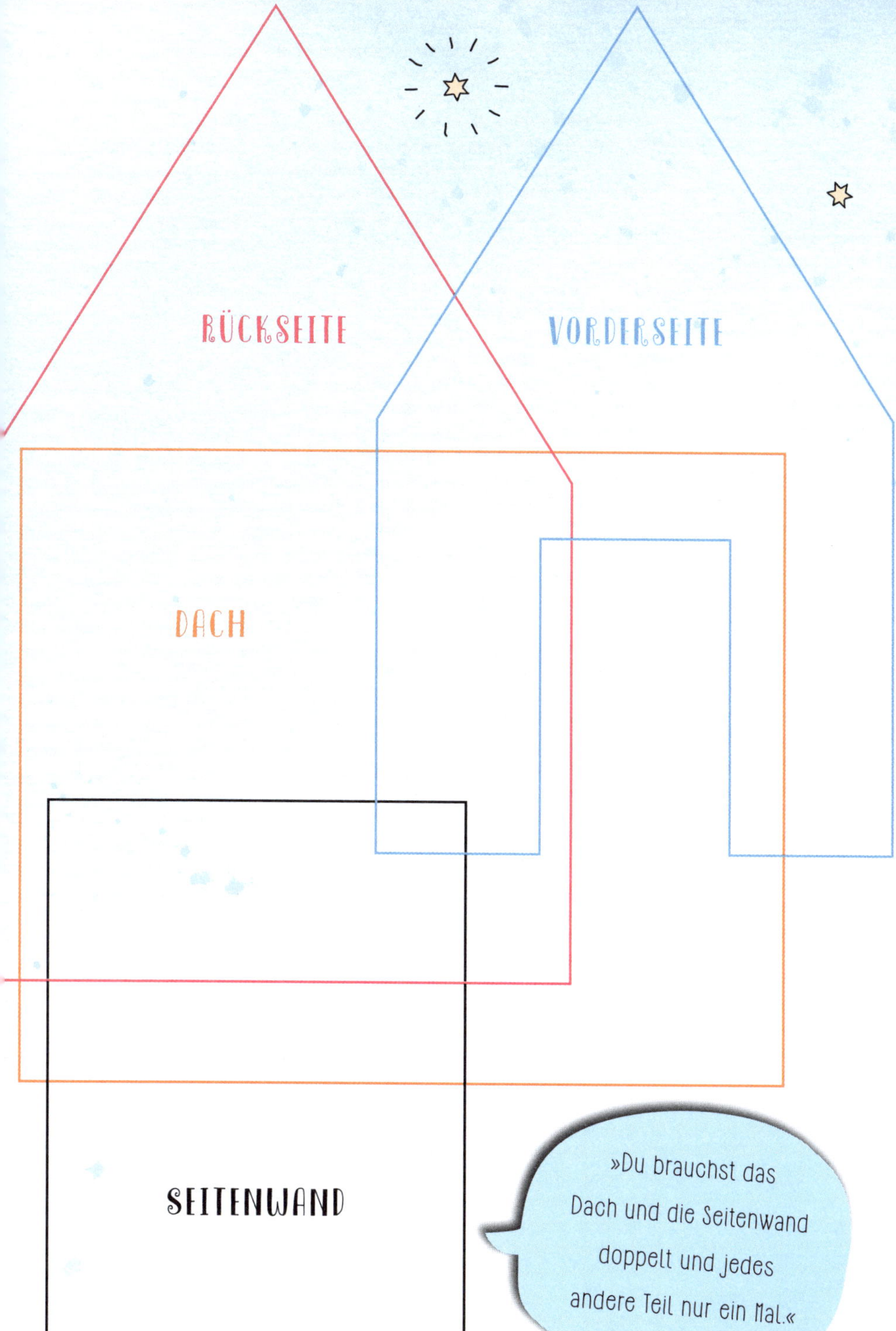

»Du brauchst das Dach und die Seitenwand doppelt und jedes andere Teil nur ein Mal.«

27

Klassisch, bunt, verrückt oder mit Elektronik ausgestattet – kreiere **WEIHNACHTSBAUMKUGELN**. Und, für wie viel würdest du die einzelnen Kugeln verkaufen?

28

Hier kommen ein paar **TIPPS**, damit die Zeit bis Weihnachten schneller vergeht!

- Besuche deine Oma und backe mit ihr zusammen. **OMA** kennt doch immer die besten Plätzchenrezepte!
- Bastle **WEIHNACHTSKARTEN** für jeden, den du lieb hast.
- Lackiere deine Fingernägel in rot-weißer **ZUCKER-STANGENOPTIK**.
- Studiere eine Choreografie zu deinem liebsten **WEIHNACHTSSONG** ein.
- Packe schon mal alle **GESCHENKE** ein, die du bereits besorgt hast.
- **DEKORIERE** dein Zimmer – oder gleich das ganze Haus.
- Singe **KARAOKE**! Natürlich sind nur Weihnachtslieder erlaubt.
- Stell aus **LEBKUCHEN** deine Familie nach. Mit eingefärbtem Zuckerguss kannst du Haare und Gesichter darstellen.

Wie viele Tage sind es noch bis Weihnachten?

29

Das macht Spaß! Kreative Ideen, **TANNENBÄUME** zu zeichnen. Übe die verschiedenen Varianten oder erfinde neue.

30

SCHOKOFONDUE ist die perfekte Idee für einen gemeinsamen Adventssonntag. Plant genug Zeit ein! Es kann schon mal ein paar Stunden dauern, in denen ihr gemeinsam Früchte und alles, was getunkt werden soll, vorbereitet habt, zwischendurch miteinander plaudert und vielleicht noch ein Gesellschaftsspiel spielt. Aber genau so soll die Adventszeit doch sein, oder? **ENTSCHLEUNIGT**!

»Geschenktipp: Über einen Schokobrunnen freut sich jede Naschkatze!«

Lässt sich wunderbar in Schokolade tauchen:

- Bananenstücke
- Weintrauben
- Apfelscheiben
- Marshmallows
- Salzbrezeln
- Mandarinenstücke
- Erdbeeren
- Weißbrotwürfel

- Geheimtipp: klassische Weihnachtskekse! Mit einer extra Portion Schokolade sind sie noch leckerer.

- ______________________________
- ______________________________

31 TOP 5: WEIHNACHTSBELEUCHTUNG

Jeder kennt doch diese Häuser in der Umgebung, die viel mehr glitzern und leuchten als die anderen. Manchmal sind sogar richtig verrückte Kreationen darunter. Nimm dir einen Abend Zeit, um einen Ausflug zu machen und alle diese Häuser zu begutachten. Führe dabei eine Liste über die am schönsten und am auffälligsten geschmückten Häuser.

1 ________________

2 ________________

3 ________________

4 ________________

5 ________________

32

So werden aus langweiligen Keksen echte **HINGUCKER**. Am besten sollten die Kekse eine runde Form haben.

IDEE 1:

Lichterkette aus Schokolinsen! Mit geschmolzener Schokolade kannst du ganz einfach das Kabel vorzeichnen. Als Hilfsmittel zum Auftragen eignet sich zum Beispiel ein Zahnstocher. Auf das Schokokabel müssen dann nur noch bunte Schokolinsen. Drücke sie in die noch feuchte Schokolade – und fertig ist die bunte Lichtergirlande! Am besten kommt sie zur Geltung, wenn du die Kekse vorher noch mit dickem Zuckerguss verzierst und diesen vor dem Malen der Lichterkette trocknen lässt.

IDEE 2:

Geschmolzener Schneemann! Zeichne mit Zuckerguss eine »Pfütze« auf die Kekse. Erstmal trocknen lassen und dann mit Zuckerschrift (aus dem Supermarkt) eine Karottennase, Augen, einen traurigen Mund und Stöckchenarme in die Pfütze zeichnen!

IDEE 3:

Süße Rentiere! Mit flüssiger Schokolade kannst du das Geweih und die Augen zeichnen. Anschließend noch eine rote Schokolinse als Rudolf-Nase aufkleben und fertig sind die süßen Tierchen!

»Super easy! Das bekommt jeder hin!«

33

Und wenn du keine Lust zum Backen hast, sondern nur aufs **VERZIEREN** – dann verschönere doch diese Plätzchen.

34

Welches war dein bisher SCHÖNSTES WEIHNACHTEN?

Was war das BESTE Weihnachtsgeschenk, das du bekommen hast?

Und welches war das COOLSTE Geschenk, das du jemals verschenkt hast?

WIE VIELE Personen seid ihr meist am Weihnachtsabend?

Was ist das beste WEIHNACHTSESSEN?

Und was die beste SÜßIGKEIT?

Wie gerne backst du PLÄTZCHEN? 1 2 3 4 5 6 7 8 9 10

35

DIY: GESCHENKANHÄNGER

Bis Weihnachten ist es nicht mehr lange hin und es wird Zeit, dass du dich ans Geschenkeverpacken machst. Und da gehören natürlich Geschenkanhänger dazu! Wir haben hier ein paar für dich, die du als Schablone verwenden kannst.

36

Vielleicht hilft dir dieses **HANDLETTERING-ALPHABET** beim Beschriften weiter.

a b c d
e f g h i
j k l m n
o p q r
s t u v w
x y z

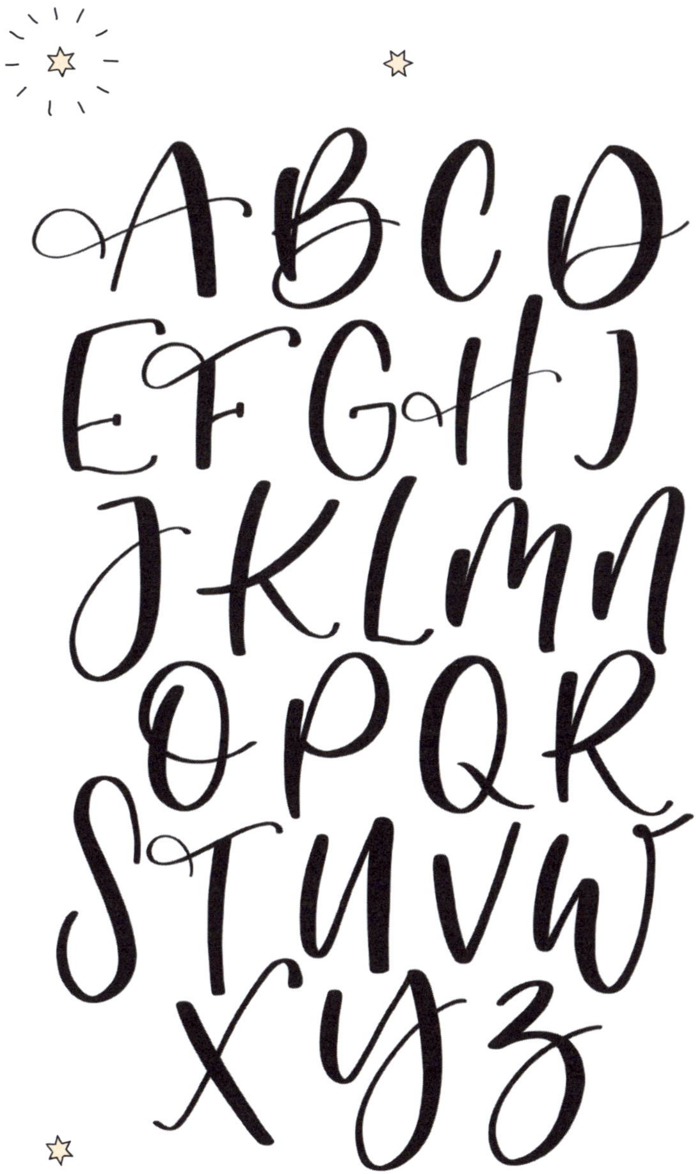
ABCD
EFGHI
JKLMN
OPQR
STUVW
XYZ

37

Oft sind die Geschenke, die man nicht einpacken kann, die schönsten. Denke auch daran, **NICHTMATERIELLES** zu verschenken und dir zu wünschen.

38

GESCHENKERÜCKBLICK ...

Was war dein GRÖSSTES Geschenk?

Und das LUSTIGSTE?

Hast du das UNNÖTIGSTE noch vor Augen?

Das HÄSSLICHSTE?

Welches war das ÜBERRASCHENDSTE?

Und welches das NÜTZLICHSTE?

39

Lass die Stadt **IM SCHNEE VERSINKEN**. Mit Eiszapfen, Schneemännern und schneebedeckten Dächern ...

40 10 DINGE, die man im SCHNEE machen kann

- Einen **SCHNEEENGEL**: Lege dich in den Schnee, strecke die Arme und Beine von dir und mach im Liegen einen Hampelmann. Wenn du aufstehst, siehst du das Ergebnis: ein Engel im Kleid mit großen Flügeln.
- Einen verrückten **SCHNEEMANN**. Baue ihn mit seiner ganzen Familie. Eine Banane als Nase, eine gepunktete Krawatte um den Hals oder eine Mistgabel in der Hand. Aber du hast bestimmt noch viel lustigere Ideen! :D
- **FOTOS** knipsen: Spiele Fotograf und setze die von Schnee bedeckten Bäume, die Eiszapfen an den Dächern und die Eiskristalle am Boden in Szene.
- **SCHLITTEN FAHREN**: Wenn du selbst keinen Schlitten hast, gibt es viele Möglichkeiten, einen auszuleihen. Und wenn du Lust auf etwas ganz Besonderes hast: Schlitten fahren bei Nacht! Dafür gibt es eigens angelegte Strecken mit Laternen und Scheinwerfern. Mach dies aber niemals ganz alleine – viel zu gefährlich! Schließe dich unbedingt einer Gruppe an und fahre nur eine Strecke, die du schon bei Tageslicht kennst.
- Nach einem langen **SCHNEESPAZIERGANG** zu Hause ankommen und eine heiße Tasse Tee trinken. Nichts fühlt sich gemütlicher an.

Welche 3 DINGE fallen dir noch ein?

- ______________________________
- ______________________________
- ______________________________

41

WINTERMANDALA

42

Notiere hier deine tiefsten **HERZENSWÜNSCHE**. Trenne anschließend die Seite heraus und verbrenne sie. Das soll Glück bringen und deine Wünsche in Erfüllung gehen lassen.

»Bei Sarina ist das ein Brauch an Silvester. Und einige Wünsche sind tatsächlich schon wahr geworden!«

Make a wish

43

Sind die Bilder selbst vielleicht mal nicht so aufregend, können es stattdessen die Rahmen sein. Kreiere verrückte und auffällige **BILDERRAHMEN**.

44

WAS MAGST DU LIEBER? Schreibe den »Gewinner« immer eine Zeile weiter nach unten. Am Ende bleibt nur eine Sache übrig – das ist dann dein größter Favorit. Viel Spaß dabei!

LEBKUCHEN oder LAKRITZE

.... oder ZUCKERSTANGEN

.... oder WAFFELN mit Vanillesauce

.... oder GEBRANNTE MANDELN

.... oder SCHAUMBECHER

.... oder SCHOKOLIERTE FRÜCHTE

.... oder VANILLEKIPFERL

.... oder CHURROS

.... oder KANDIERTE ÄPFEL

.... oder CRÊPES mit Schokosauce

.... oder QUARKBÄLLCHEN

45 Diese **STERNZEICHEN** gehören in den Winter ...

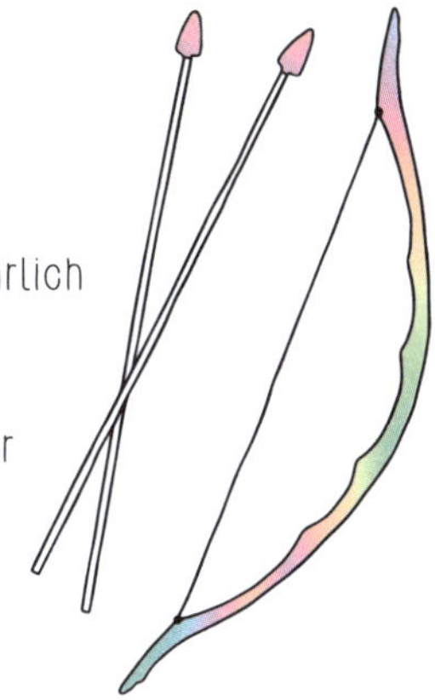

SCHÜTZE • 23.11.–21.12.

positive Eigenschaften: optimistisch, dynamisch, ehrlich

negative Eigenschaften: chaotisch, taktlos

versteht sich gut mit: Jungfrau, Zwillinge, Widder

STEINBOCK • 22.12.–20.01.

positive Eigenschaften: verantwortungsbewusst, fleißig, ehrgeizig

negative Eigenschaften: kleinlich, pessimistisch

versteht sich gut mit: Skorpion, Stier, Krebs

WASSERMANN • 21.01.–19.02.

positive Eigenschaften: tiefgründig, unabhängig, feinfühlig

negative Eigenschaften: rebellisch, verschlossen

versteht sich gut mit: Wassermann, Waage, Stier

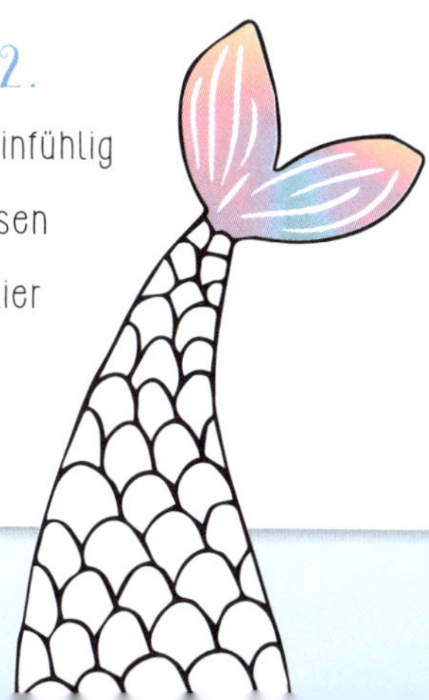

46

Winterzeit ist **RACLETTEZEIT**! Weihnachten, Silvester oder ein anderer schöner Anlass, bei dem die ganze Familie zusammensitzt, ist der perfekte Moment, um das Raclette rauszuholen. Und jeder füllt sein Pfännchen mit allem, was schmeckt.

Hier ein paar ausgefallene Pfännchenideen:

- Avocado, Tomate und Ziegenfrischkäse: Tomaten in Scheiben schneiden, darauf gewürfelte Avocado und zerbröselten Ziegenfrischkäse. Mit Pfeffer und Thymian würzen, etwas Honig darüberträufeln.
- Camembert-Birnen-Walnuss: Birne in Scheiben schneiden, darauf eine Scheibe Camembert legen und gehackte Walnusskerne darüberstreuen. Mit frischer Petersilie nach dem Braten bestreuen.
- Große Champignons: Paprikaschote und Rucola ganz klein hacken, in die Pilzköpfe füllen. Mit Salz und Pfeffer bestreuen und anschließend mit Raclettekäse bedecken.

Hier ist Platz für dein Lieblingspfännchen …

WOCHENRÜCKBLICK - Wie waren deine letzten 7 TAGE?

47

Welcher Tag war der beste? ....

Was war das leckerste Essen? ....

Wie war im Großen und Ganzen das Wetter? ....

Mit wem hast du am meisten Zeit verbracht? ....

Wen hast du vermisst? ....

Was hast du gekauft? ....

Was hast du vergessen zu erledigen? ....

Welcher Tag hätte ausfallen können? ....

Welche SCHULNOTE gibst du der Woche?

48

Vorsätze

Es ist wieder diese Zeit im Jahr ... Nie ist der Moment für einen Neuanfang günstiger als zu Beginn eines Jahres. Was willst du im kommenden Jahr besser oder anders machen? Was willst du ausprobieren und wofür mutig sein? Notiere deine Vorsätze so detailliert und bildlich, wie du kannst. Wenn du dir vorstellen kannst, wie du sie umsetzen wirst, dann fällt es dir viel leichter, dich daran zu halten.

Vorsatz 1 ______________________________

____

Vorsatz 2 ______________________________

____

Vorsatz 3 ______________________________

____

Vorsatz 4 ______________________________

____

Vorsatz 5 ______________________________

____

49

WAS WAR DAS …

… Mutigste --

… Gefährlichste --

… Cleverste --

… Peinlichste --

… Unvernünftigste --

… Beängstigendste --

…, was du jemals gemacht hast?

50

Welche OBST- UND GEMÜSESORTEN haben im Winter eigentlich Saison?

BIRNE: Auch wenn im Winter keine Birnen an den Bäumen hängen, lässt sich die Ernte vom Spätsommer recht gut lagern. So versorgen uns Birnen den Winter über mit vielen Vitaminen und leckerem Geschmack.

CHINAKOHL: Wie der Name schon vermuten lässt, stammt der Chinakohl aus ... China! Er ist ein echter Allrounder und zusätzlich eine richtige Vitaminbombe.

ROTKOHL: Die meisten kennen ihn wahrscheinlich nur als Beilage, aber es ist viel mehr möglich mit diesem Kohlgemüse. Rotkohl schmeckt lecker roh und fein gehobelt als Salat, gekocht in Aufläufen oder entsaftet zu einem Vitamindrink mit krasser Farbe.

STECKRÜBEN: Gekochte Steckrüben haben einen süßlichen Geschmack und der kommt besonders in Suppen und Pürees gut zur Geltung.

ÄPFEL: natürlich – Äpfel! Sie lassen sich gut lagern und sind als Snack für zwischendurch, flüssig in Saftform oder im Kuchen kaum wegzudenken. Verschiedene Apfelsorten bieten verschiedene Aromen – da ist für jeden etwas dabei!

51

Kennst du diese **FILME** schon? Wenn ja, vergib Sterne, wie gut sie dir gefallen haben. Und wenn nein – dann los, ab auf die Couch!

»Die Hüter des Lichts« ☆☆☆☆☆

»Die Chroniken von Narnia« ☆☆☆☆☆

»Harry Potter und der Stein der Weisen« ☆☆☆☆☆

»Die Eiskönigin – Völlig unverfroren« ☆☆☆☆☆

»Drei Haselnüsse für Aschenbrödel« ☆☆☆☆☆

»Annie« ☆☆☆☆☆

---------------- ☆☆☆☆☆

---------------- ☆☆☆☆☆

---------------- ☆☆☆☆☆

Welche Filme stehen unbedingt noch für diesen Winter auf deiner Watchlist?

»Im Kreis kannst du eintragen, wie oft du die Filme schon gesehen hast.«

52

WAS WÄRE, WENN ...

... dein Mitbewohner ein CLOWN wäre?

... du 10 ZIEGEN geschenkt bekommen würdest?

... statt Schnee MARSHMALLOWS VOM HIMMEL fielen?

... es über Nacht plötzlich -50 GRAD kalt würde?

... du eine PIZZERIA erben würdest?

... deine KATZE SPRECHEN könnte?

53

HANDY AUSMISTEN

Nicht nur der Kleiderschrank sollte regelmäßig aussortiert werden, sondern auch das Handy! Hört sich komisch an, aber auch dort sammelt sich mehr an, als du denkst. Und Speicherprobleme hast du so auf jeden Fall auch im Griff.

Schritt 1: **ORDNER ERSTELLEN**. Alle Spiele kommen zusammen in einen Ordner, alle Foto-Apps und so weiter ...

Schritt 2: **UNNÖTIGES LÖSCHEN**. Jeder hat sie – die Apps, die man schon lange nicht mehr benutzt. Jetzt ist der beste Moment, um sie ein für alle Mal zu löschen. Sie belegen nur Speicherplatz und vermüllen die Startseite.

Schritt 3: **ALBEN SORTIEREN**. Auch Fotos müssen geordnet werden, sonst wird es immer schwieriger, die Bilder zu finden, die man gerade sucht. Erstelle dir dafür verschiedene Ordner und sortiere die Fotos ein.

Schritt 4: Ein neuer **HINTERGRUND**. Damit erstrahlt alles in neuem Glanz und die Handy-Putz-Aktion ist abgeschlossen. **CHECK!**

54

Wie würdest DU als **COMICFIGUR** aussehen? Male in die Kreise.

Augen

Frisur

Kleidung

Lippen

Und was wären deine besonderen Merkmale?

TIPPS gegen KÄLTE 55

- Lass dir ein **HEIßES BAD** ein und wärme deinen Körper wieder richtig auf.

- **WOLLSOCKEN!** Es klingt simpel, aber wenn die Füße warm sind, ist es der restliche Körper auch.

- Es gibt **GEWÜRZE**, die von innen heraus wärmen. Dazu zählen Chili, Ingwer und Pfeffer. Aus frischem Ingwer kannst du ganz einfach einen Tee machen. Schneide den **INGWER** klein und gib ihn in eine Tasse mit kochendem Wasser. **CHILI** und **PFEFFER** kannst du zum Beispiel auf ein Butterbrot oder in die Suppe streuen.

»Gewürze fördern die Durchblutung und erwärmen so den Körper.«

- Trage lieber mehrere **SCHICHTEN** Kleidung anstatt eines dicken Pullis. Ein Tanktop, darüber ein Sweater und wiederum darüber eine Jacke halten viel besser warm.

»Zwischen den Schichten befindet sich noch eine Luftschicht, die als Wärmedämmung dient.«

- Eine **WÄRMFLASCHE** oder ein erwärmtes Kirschkernkissen sind die besten Begleiter für das Bett oder das Sofa.

56 Antworte mit nur EINEM WORT!

Was siehst du gerade? ______________

Worum ging es in deinem schönsten Traum?

____

Was hast du heute noch vor? ______________

Wovor hast du Angst? ______________

Was macht dich glücklich? ______________

Was bereust du? ______________

Wie siehst du aus? ______________

Worauf freust du dich? ______________

Wie würdest du deinen Kleidungsstil beschreiben?

____

Wofür wirst du beneidet? ______________

57

Würziger Zimtkakao

Zutaten:

200 ml Milch
1½ EL Honig
2 TL Kakaopulver
¼ TL Zimtpulver
½ TL Speisestärke
200 g Sahne, steif geschlagen

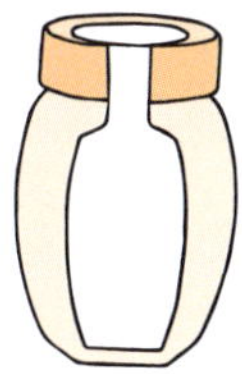

So geht's:

Erhitze die Hälfte der Milch mit dem Honig. Die restliche Milch kannst du dann in einem weiteren Topf mit dem Kakaopulver, dem Zimt und der Stärke anrühren. Gieße die Kakaomilch in die Honigmilch und koche diese Mischung auf.

Jetzt kommt der Kakao schon in eine Tasse und kann zum Beispiel mit Kaffee aufgefüllt werden. Natürlich eignet sich auch Kaffee ohne Koffein dafür! Für den extra Effekt macht sich eine große Portion Sahne noch gut. Darüber noch 1 Prise Zimt stäuben und fertig ist das leckere Heißgetränk.

58

Hier kommen ein paar Tipps, wie du frei lebenden **TIEREN** über den **WINTER** helfen kannst.

- Stell ein **VOGELHÄUSCHEN** mit Futter auf oder hänge Maisenknödel an den Zaun. Die Futterknödel solltest du allerdings immer ohne Plastiknetz kaufen, weil sich die Tiere ansonsten verletzen können.

- Räume ab Anfang November keine **LAUBHAUFEN** mehr weg. Denn das könnte der Überwinterungsunterschlupf eines Igels werden. Und wenn der Igel einmal geweckt ist, schafft er es vielleicht nicht mehr, durch den Winter zu kommen. Du kannst den stacheligen Tieren auch einen extra Haufen aus Laub und Zweigen bereitstellen. Damit der im Garten nicht so stört, verteile nerviges Laub einfach unter einer Hecke. Oder stell ein Igelhaus auf – das gibt es in der Tierhandlung zu kaufen oder du kannst es selbst zusammenzimmern.

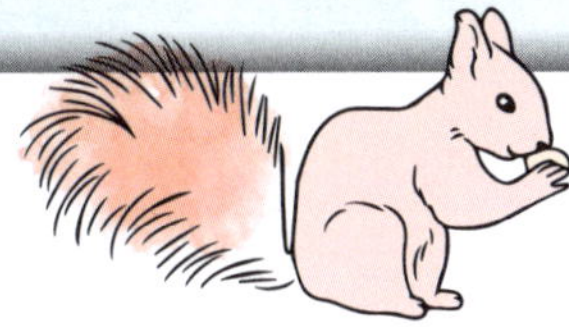

- Anstatt eines Vogelhäuschens kannst du auch eine **FUTTERSTATION** für **EICHHÖRNCHEN** aufbauen. Am liebsten mögen die Tierchen Walnüsse, Haselnüsse, Eicheln, aber auch Kiefern-, Fichten- und Tannenzapfen. Vielleicht befindet sich im Garten ja schon ein Haselnussstrauch – daran haben die quirligen Tierchen eine große Freude.

- Wenn ein Igel oder ein Eichhörnchen im Schnee läuft, hat es wahrscheinlich den Unterschlupf verloren. Rufe beim **TIERSCHUTZ** an – sie können dir sagen, was nun zu tun ist.

- Decke Wasserbehälter und Regentonnen **MIT NETZEN** ab. So können Kröten und Frösche nicht hineinfallen. Aus eigener Kraft würden sie es nämlich nicht wieder herausschaffen.

- **SCHMETTERLINGE** und **MARIENKÄFER** überwintern wie Igel gerne im Laub und an Zweigen. Aber auch Gartenhäuschen bewohnen sie gerne.

59

Verbringe doch einfach mal einen ganzen **TAG** im **SCHLAFANZUG**. Im Winter ist das erlaubt! :D

Was hast du übergezogen, als du nach draußen musstest?

Oder warst du einfach nur zu Hause?

Wer war noch alles im Schlafanzug an diesem Tag?

Wie sieht der Pyjama aus?

60

Warst du schon mal im **WINTERURLAUB**? JA NEIN

Wo ging die Reise hin?

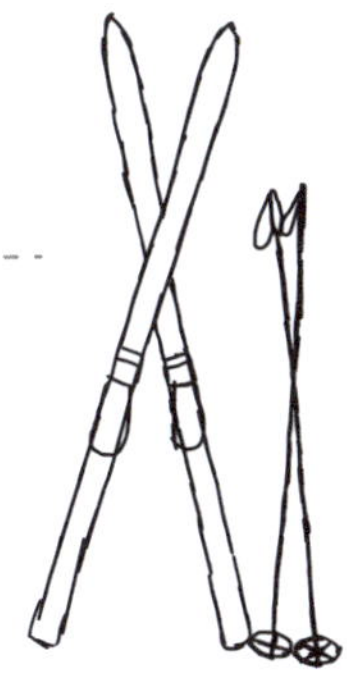

Wer war dabei?

Welche Wintersportart machst du am liebsten?

Wo hast du den meisten Schnee gesehen?

Wie kalt war die tiefste Temperatur, an die du dich erinnern kannst?

walking in a winter wonderland

Wie hoch war der höchste Schneestand, den du jemals gesehen hast?

61

SCHNEESTAND MESSEN

Lege einen Gegenstand deiner Wahl nach draußen und notiere, wie viel von ihm nach und nach im Schnee versinkt. Je nach Wettervorhersage kannst du die Größe des Gegenstands wählen. Eine Dose könnte schon nach einer Nacht verschwunden sein und bei einem aufrechten Besen brauchst du dir bestimmt keine Sorgen zu machen, dass du ihn am nächsten Tag schon nicht mehr findest :D

DATUM	SCHNEESTAND
....	.... cm
....	.... cm
....	.... cm
....	.... cm
....	.... cm
....	.... cm

Für welchen Gegenstand hast du dich entschieden?

62 KAKAO mit KOKOSMILCH

Wenn du mitten im Winter plötzlich Lust auf einen tropischen Kick bekommst ...

ZUTATEN:

½ Tasse Kokosmilch
½ Tasse Mandeldrink
2 TL Kakaopulver
1 Prise Zimtpulver

SO GEHT'S:

Vermische die Kokosmilch und den Mandeldrink in einem Topf. Bringe beides zum Kochen. Gib den Kakao dazu und rühre, bis er sich aufgelöst hat. Jetzt noch den Zimt unterrühren. Abschmecken und eventuell mit etwas Zucker süßen. Wer möchte, kann auch mehr Kakao nehmen.

Eklig! Gar nicht mein Fall. 1 2 3 4 5 6 7 8 9 10 Wow – wie lecker ist das denn?!

HOT chocolate time

63

HOW TO DRAW: So gelingt es jedem, zauberhafte Schneeflocken zu zeichnen.

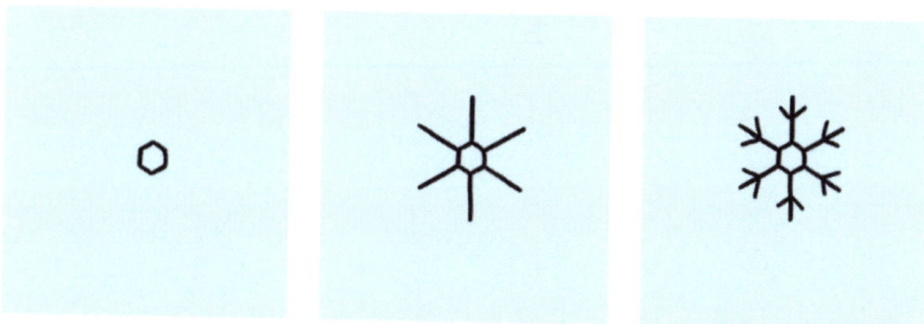

64

Färbe die Haare **BUNT**!

65 Dekoideen für ein cooles TUMBLR-ZIMMER

- **LICHTERKETTEN**! Und nicht zu wenige davon. Sie sorgen immer für eine tolle Stimmung.

- **WANDTÜCHER**: Besonders im Trend sind sie im Batik-Look oder mit aufgedrucktem Mandalamuster.

- Ein **HIMMEL** über dem Bett. Das trennt den Schlafbereich optisch ein bisschen vom restlichen Zimmer und sorgt für die extra Portion Gemütlichkeit.

- **FOTOWAND**: Gestalte eine kleine Galerie an der Wand aus ganz vielen Polaroidfotos. Die Fotos kannst du entweder in einem Quadrat oder Rechteck anordnen, sie herzförmig an der Wand befestigen oder sie wild durcheinander kleben.

- Viele verschiedene **KISSEN**. Es gibt kein Kissen, das es nicht gibt. Mit Mustern, Pailletten, Quasten, Spitze, Makramee …

- **TRAUMFÄNGER** – der darf auf keinen Fall fehlen!

- **HÄNGEPFLANZEN**: Blumentöpfe, die von der Decke hängen, bringen das besondere Etwas in jedes Zimmer. Und wer sich keine lebende Grünpflanze zutraut, kann auch zu einer Kunstpflanze greifen. Davon gibt es mittlerweile viele Exemplare, die täuschend echt aussehen.

- **WANDFARBE**: Eine farbige Wand macht ganz schön was her. Lass lieber die Finger von knalligen, starken Farben. Entscheide dich am besten für einen Pastellton.

»Vikis absolute Lieblingsfarbe für die Wände ist **SALBEI**.«

66

SCHREIBST du regelmäßig in ein **TAGEBUCH**? Egal, ob Highlights des Tages oder weniger schöne Dinge – ein Tagebuch hört dir immer zu. Und oft fühlt es sich sehr befreiend an, einfach mal alle Gedanken aus dem Kopf zu schreiben.

Starte einen Testlauf und versuche hier für die nächsten 3 Tage einen Tagebucheintrag zu verfassen.

67

Test: WELCHES TIER BIST DU?

Welches ELEMENT passt am besten zu dir?

Erde

Wasser

Feuer

Luft

Was ist dein LIEBLINGSESSEN?

klassische Hausmannskost

Sushi

gesund und frisch

Steak

Was machst du in deiner FREIZEIT am liebsten?

ausgiebige Spaziergänge in der Natur

mit Freunden treffen

reisen

schwimmen

Welche ZIELE hast du in deinem Leben?

Ich will eine Familie gründen.

Mir ist Freiheit sehr wichtig! Ich will spontan sein und mich vom Leben überraschen lassen.

Ich will beruflich sowie privat viel erreichen!

Ich will die Welt sehen, an der Seite meiner Liebsten.

Der nächste **URLAUB** ...

... geht an denselben Ort wie jedes Jahr.

... ist definitiv am Meer!

... geht am besten in die wilde Natur.

... wird weit weg sein! Ich fliege so gerne!

Welche **JAHRESZEIT** magst du am liebsten?

Frühling

Sommer

Herbst

Winter

Wie verhältst du dich im **STREIT**?

Ich entschuldige mich meist als Erster!

Ich gehe der Person erst einmal aus dem Weg und warte ab.

Ich diskutiere wild und vertrete meinen Standpunkt.

Ich wäge beide Seiten ab und denke über die Situation nach.

AUFLÖSUNG:

Zähle deine Antworten. Welche Farbe hast du am häufigsten angekreuzt?

GRÜN: Du bist ein **HUND**. Du bist ein Familienmensch und nicht gerne alleine.

GELB: Du bist ein **LÖWE**. Wenn es hart auf hart kommt, kämpfst du für die Menschen, die dir wichtig sind und stehst für deine Werte ein.

ROSA: Du bist ein **ADLER**. Du liebst die Freiheit und es zieht dich in die große weite Welt. Du wünschst dir so sehr, fliegen zu können! Du müsstest auf nichts und niemanden warten und könntest einfach abheben ...

BLAU: Du bist ein **WAL**. Dich fasziniert die unendliche Weite des Ozeans und im Wasser fühlst du dich pudelwohl.

68

Warst du schon mal in einem SECONDHAND-LADEN? Dort gibt es Kleidung zu kaufen, die andere Leute nicht mehr brauchen, und das zu einem günstigen Preis. Deshalb ist es auch schwierig, mit einer genauen Einkaufsliste shoppen zu gehen. Denn die meisten Kleider sind Einzelstücke, die es auch nicht in verschiedenen Größen gibt. Aber Unikate findest du dort auf jeden Fall!

Was war der größte SCHATZ, den du secondhand gefunden hast?

Was war das beste SCHNÄPPCHEN?

Was hast du bisher VERGEBENS gesucht?

Was war das TEUERSTE Stück?

Was war das VERRÜCKTESTE, das du entdeckt hast?

69

DIY: PERSONALISIERTE TASSE

Eine Tasse mit dem Anfangsbuchstaben deines Namens! Diese Tassen sind total im Trend und oft nur über bestimmte Online-Shops zu kaufen. Wieso also nicht einfach selbst machen?

DU BRAUCHST:

1 weiße Tasse, selbstklebende Etiketten und 1 goldenen Keramikstift (mit mitteldicker bis dicker Spitze)

SO GEHT'S:

Reinige die Tasse gründlich mit Spülmittel. Sie sollte am besten fettfrei sein für den optimalen Halt. Schreibe nun in einer schönen großen Schrift den Buchstaben deiner Wahl auf das Etikettenpapier und schneide die Umrisse aus. Klebe das Etikett mittig auf die Tasse. Mit dem Stift kannst du jetzt Punkte um die Schablone herum machen. Versuche in der Nähe der Buchstabenkontur besonders viele Pünktchen zu verstreuen und nach außen hin weniger. Wenn du mit dem Ergebnis zufrieden bist, nur noch kurz antrocknen lassen und dann die Schablone vorsichtig abziehen. Im Backofen kann die Schrift aushärten – und das Ergebnis bleibt für immer.

»**TIPP**: Falls Schönschrift nicht so dein Ding ist, kannst du deinen Buchstaben auch einfach direkt auf dem Etikettenpapier ausdrucken!«

70

Oft sieht man nur die Fehler, die man gemacht hat, aber nicht die **ERFOLGE**. Was hast du in deinem Leben richtig gut gemacht? Versuche mindestens **5 DINGE** aufzuzählen.

1

2

3

4

5

71

lass es **SCHNEIEN** ...

Let it snow

72

Fragst du dich manchmal, was dieser eigenartige **TRAUM** von letzter Nacht zu bedeuten hat? Vielleicht hilft dir ja diese kleine Übersicht beim **ENTSCHLÜSSELN** deiner Träume.

Tipp: Führe ein **TRAUMTAGEBUCH**, in das du gleich morgens früh hineinschreibst, was du geträumt hast. Dann hast du einen besseren Überblick über Geträumtes und kannst vielleicht Zusammenhänge erkennen. Notiere jeden Traum so detailliert wie möglich – das ist eine große Hilfe bei der späteren **TRAUMDEUTUNG**.

Häufige **TRAUMSYMBOLE** und deren Bedeutung ...

FLIEGEN: Wenn sich das Fliegen wie angenehmes Schweben anfühlt, kann das auf positive Gefühle im echten Leben hindeuten. Wenn du allerdings in Gestalt eines Vogels fliegst, deutet es auf Überlegenheit anderen gegenüber hin.

SCHWIMMEN: Hier gibt es zwei Arten. Entweder das Schwimmen in klarem oder in trübem Wasser. Klares, strömendes Wasser deutet zum Beispiel auf Ausgeglichenheit und Zufriedenheit hin. Trübes Wasser stellt oft Angst dar. Zum Beispiel vor einer Prüfung?

KOFFER PACKEN: Wenn du im Traum einen Koffer packst, kann es sein, dass du dich im wahren Leben nach Veränderung sehnst.

FALLEN: Das Fallen im Traum hat oft mit Angst, Unsicherheit oder Selbstzweifeln im wahren Leben zu tun.

73 Dein PERFEKTES WOCHENENDE im Winter …

Zum Frühstück gibt es ________________________

Samstagvormittag bist du

________________________ ist dabei.

Das Wetter ist

____

________________________.

Du trägst ________________________.

________________________ gibt es nicht.

Sonntagabend bist du ________________________

________________________.

74

DIY: HERZCHENGIRLANDE

Der Valentinstag steht vor der Türe. Egal, ob du glücklich verliebt bist oder nicht: Ein paar süße Herzchen tun jedem gut. Wie wäre es mit einer Herzchengirlande? Supereinfach und zuckersüß!

DU BRAUCHST:

Bastelpapier in beliebigen Farben, 1 Schere, 1 Band zum Aufhängen und Kleber

»Als kleine Überraschung kannst du auf die Rückseite jedes Herzchens ein freundliches Kompliment schreiben. Wer es entdeckt, wird sich freuen.«

SO GEHT'S:

Entscheide dich als Erstes für **3 FARBEN**, die gut miteinander harmonieren. Pause die Herzvorlage ab, schneide sie aus und verwende sie als Schablone für alle weiteren Herzen.

Für jedes fertige Herz an der Girlande musst du zwei Herzchen aus dem Bastelpapier ausschneiden. Lege die Herzen entweder bunt durcheinander oder farblich sortiert nacheinander hin. In die Mitte kommt das Band – so, dass sich ein Herz-Sandwich bildet und das Band zwischen den beiden Herzchen verschwindet. Mit ein bisschen Kleber befestigen und fertig!

75

Hier ist Platz für **NOTIZEN** und alles, was gerade in deinem Kopf umherschwirrt …

76

Was sind deine **FAVORITEN** im Winter?

Lesen: ______________________

Naschen: ______________________

Pflegen: ______________________

Warmhalten: ______________________

Spielen: ______________________

Hören: ______________________

Gegen Langeweile: ______________________

Trinken: ______________________

Kreativ sein: ______________________

Dekorieren: ______________________

77

FASCHING! Wie willst du dich verkleiden? Versuche, deine Vorstellung zu Papier zu bringen. Falls du noch keine Ahnung hast, kommen hier ein paar einfache Ideen. Die bekommt jeder hin!

1. Wer will denn nicht ein **UNICORN** sein? Einfach einen Einhorn-Haarreifen aufsetzen und Rosa-Lila anziehen – fertig!

2. Verkleide dich als **VERRÜCKTE WAHRSAGERIN**. Flicht dir dafür Bänder in die Haare, ziehe eine weit geschnittene Hose mit Batikmuster an und nimm eine **KRISTALLKUGEL** in die Hand! Und wichtig: Eine richtig große Brille, am besten mit dicken Gläsern, darf auch nicht fehlen!

3. Die Verwandlung zum **BANKRÄUBER** ist auch schnell gemacht. Eine schwarze Hose, ein schwarz-weiß gestreiftes Oberteil und dazu einen weißen Beutel, auf dem ein großes **DOLLAR-ZEICHEN** prangt. Dann noch eine schwarze Mütze überziehen – und schon bist du bereit!

4. Miau! Hier kommt die wohl schnellste und einfachste Idee. Zeichne mit einem schwarzen Kajalstift ein Herzchen auf die Nase und jeweils **3 SCHNURRBARTHAARE** nach links und rechts. Fertig ist das **KÄTZCHEN**.

»Na, welche Ideen sind dir noch gekommen?«

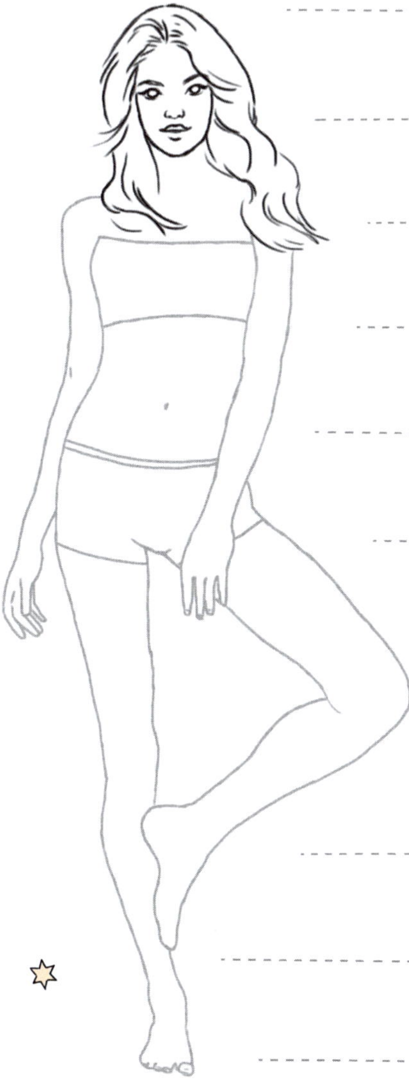

78

TEETASSEN sind das beste Accessoire für kalte Zeiten. An ihnen kann man sich die Finger wärmen und leckere Getränke daraus schlürfen. Aber wie sehen sie aus? **DESIGNE** ein paar Teetassen ganz nach deinen Vorstellungen.

79

SCHÄTZE dich selbst ein. Wo stehst du auf der Skala?

mutig 1 2 3 4 5 6 7 8 9 10 ängstlich

lustig 1 2 3 4 5 6 7 8 9 10 ernst

spontan 1 2 3 4 5 6 7 8 9 10 geplant

laut 1 2 3 4 5 6 7 8 9 10 leise

verträumt 1 2 3 4 5 6 7 8 9 10 konzentriert

fröhlich 1 2 3 4 5 6 7 8 9 10 traurig

misstrauisch 1 2 3 4 5 6 7 8 9 10 gutgläubig

optimistisch 1 2 3 4 5 6 7 8 9 10 pessimistisch

tollpatschig 1 2 3 4 5 6 7 8 9 10 geschickt

80

Jetzt wird es **WILD**. Male auf dieser Seite ein Bild. Stopp! Nicht mit Stiften in deinen Händen, sondern zwischen den Zehen, im Mund, in der Ellenbeuge … oder fällt dir noch etwas Lustigeres ein? Viel Spaß!

81

FUN FACTS zum WINTER

- Die größte **SCHNEEFLOCKE** der Welt: Im Guinness-Buch der Rekorde wurde verzeichnet, dass die größte jemals entdeckte Schneeflocke einen Durchmesser von 38 cm gehabt haben soll. Unglaublich, oder?

- **FRAUEN FRIEREN** schneller als Männer. Das ist nicht nur ein Klischee, sondern stimmt tatsächlich. Die Haut von Frauen ist durchschnittlich um 2,8 Grad kühler als die von Männern. Der Grund ist, dass Frauen im Schnitt weniger Muskelmasse als Männer haben.

- **BLUTSCHNEE**: Es gibt tatsächlich von der Natur rot gefärbten Schnee. Man kann ihn während des Sommers in Hochgebirgen entdecken. Der Grund dafür sind spezielle Algen, die dem Schnee die rote Farbe verleihen.

- Keine Schneeflocke sieht aus wie die andere. Wenn man ganz genau hinsieht, kann man ihre feinen Details erahnen. Verblüffend ist, dass es **KEINE EINZIGE FLOCKE DOPPELT** gibt. Wie Fingerabdrücke: Jede ist einzigartig!

- **WINDCHILL-EFFEKT** – so nennt man das Phänomen, dass der Wind die Kälte kälter macht. Das liegt daran, dass die warme Luft, die unseren Körper umgibt, weggeweht wird.

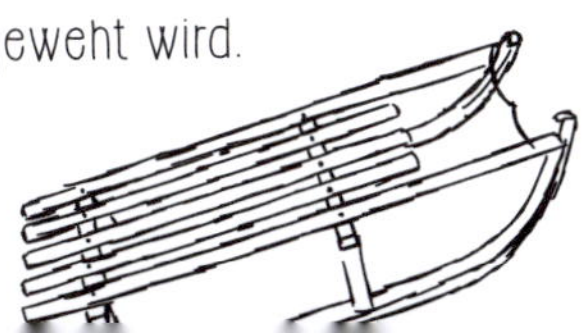

82

CHECKLISTE Winter: Was hast du in diesem Winter gemacht? Hake ab!

- Schlitten gefahren
- Schneeballschlacht
- jemanden überrascht
- Filmabend mit Popcorn
- Weihnachtsbaum geschmückt
- heiße Schokolade mit Marshmallows getrunken
- Besuch auf dem Weihnachtsmarkt
- Kekse gebacken
- durch den Schnee gewandert
- einen Spieleabend mit Brettspielen gemacht
- einen Schal gestrickt
- zu viele Süßigkeiten genascht

83

Hier ist Platz für die

SCHÖNSTEN FOTOS

aus dem Winter.

84

Jedes Motiv steht für eine besondere **ERINNERUNG** an den Winter.

Schreibe oder zeichne hinein.

85

Wie war dein **WINTER**?

1 2 3 4 5 6 7 8 9 10

Was hätte besser sein können?

Was wirst du nie vergessen?

Wer war am häufigsten mit dabei?

Was war enttäuschend?

Was wiederholst du nächstes Jahr?

spring is in the air

Der Winter ist eine ruhige und besinnliche Jahreszeit, aber genau richtig für einen **NEUANFANG**! Es wird wärmer, sonniger, die Blumen kehren zurück und du kannst ein paar Vorsätze wahr werden lassen. **DEIN PERFEKTER FRÜHLING** wartet schon auf dich ...

»Du hast schon Sehnsucht nach Sommer, Sonne, Sonnenschein? Keine Sorge, nächstes Jahr ist es wieder so weit! Viele Ideen für deinen perfekten Frühling und Sommer findest du in unserem Buch:«

Spring in eine Pfütze!
Mein perfekter
Herbst
ViktoriaSarina